동물을 사랑하면
철학자가 된다

동물을 사랑하면 철학자가 된다
만난부터 이별까지, 반려동물과 함께한다는 것

제1판 제1쇄 2017년 1월 16일
제1판 제9쇄 2024년 11월 22일

지은이 이원영
펴낸이 이광호
펴낸곳 ㈜문학과지성사
등록번호 제1993-000098호
주소 04034 서울 마포구 잔다리로7길 18 (서교동 377-20)
전화 02) 338-7224
팩스 02) 323-4180(편집) 02) 338-7221(영업)
전자우편 moonji@moonji.com
홈페이지 www.moonji.com

ISBN 978-89-320-2962-7 03810

이 도서의 국립중앙도서관 출판예정도서목록(CIP)은 서지정보유통지원시스템
홈페이지(http://seoji.nl.go.kr)와 국가자료공동목록시스템(http://www.nl.go.kr/kolisnet)에서
이용하실 수 있습니다.(CIP제어번호: CIP2016032363)

동물을 사랑하면 철학자가 된다

만남부터 이별까지,
반려동물과
함께한다는 것

이원영 지음

문학과지성사

머리말

개와 고양이는 어느덧 내게서 덜어낼 수 없는 소중한 부분이 되었다. 우연히 개 한 마리와 함께한 이후 이렇게까지 내 삶이 바뀔지는 몰랐다. 철학책을 보며 젊은 시절을 보내다가 개 한 마리를 만났고, 우여곡절 끝에 지금은 수의사가 되어 나이를 먹어가고 있다. 철학을 공부하던 때는 밑도 끝도 없는 많은 고민들 속에 파묻혀 살았다. 모든 의문을 풀어내리라는 기대도 했었다. 하지만 그럴 수 없었던 것은 정체를 알 수 없는 질문들, 애초에 해결될 리 없는 의문들이 많았기 때문이다. 그 고민들 중에는 보석 같은 것도 있었지만 쓸데없는 것도 많았다.

수의사로 살고 있는 지금이 책만 읽던 철학도 시절보다 오히려 더 현실에 근거하여 사고하게 되는 것 같다. 반려동물을 돌보고 교감하고 치료하는 일은 내게 매 순간 해결해야 하는 현실이다. 그러다 보니 문제가 있을 때 이론에만 매몰되지 않고 실질적 의미를 갖는 해결책을 찾게 된다. 그래서 조금씩이나마 성숙한 진전을 이뤄가는 것 같다. 개와 고양이 덕이다.

반려동물과의 접촉은 사람과 사람 간의 관계와 다른 면이 있다. 서로에게 필요한 것을 주고받고 정감을 나누는 것은 비슷하다고 할 수 있다. 하지만 사람들 사이에서 당연하게 여겨지는 논리나 예의 등이 반려동물에게는 통용되지 않을 때가 많다. 그런 면에서 그들과의 만남은 좀더 폭넓은 차원을 고민하게 만드는 계기가 된다. 반려동물과 우리의 관계는 다른 입장, 다른 시각이 맞닿아 있는 아주 색다른 관계라고 할 수 있다. 놀라운 것은 종의 차이에도 불구하고 함께하게 되면 서로에게 서서히 스며들어, 큰 부담감 없이 서로가 조금씩 변해간다. 그러다 보면 어느새 달라진 자신을 발견하게 된다.

그들은 내 안에 있는 애틋함과 책임감을 끊임없이 자극한다. 애처로움, 애틋함을 잃지 않고 책임을 도외시하지 않는 실질적인 고민을 할 수 있게 한다. 근원적 차원까지 고민하면서도 현실에서 유리되지 않고 좋은 방향으로의 변화를 모색하는 자세를 '철학적'이라고 할 수 있다면, 반려동물과 함께하는 것은 철학적 사고를 하는 데에 더없이 좋은 환경이다. 또한 그 과정은 행복을 동반한다. 개와 고양이는 행복으로 가는 버튼이자, 우리를 성숙하게 하는 에스컬레이터라고 할 수 있다. 동물을 사랑하면 누구나 행복한 철학자가 된다.

이 책은 정보 제공을 목표로 하는 책이 아니다. 반려동물을 대하는 자세나 태도에 대한 논의이다. 반려동물과 함께 지내며 겪게 되는 다양한 상황들, 그 상황들 속에서 우리가 생각해볼 문제들 혹은 그런 것들이 갖는 의미에 대한 논의이다. 반려동물을 만나서 함께 지내고, 마침내 이별하게 되는 각각의 과정에서 내가 겪은 몇 가지 에피소드를 장을 나누어 소개했고, 그와 관련된 개인적 감상을 적어보았다. 수의사 생활을 하며 내가 보호자들에게 자주 받는 몇 가지 질문에 대한 간략한 답변을 각 장의 끝에 제시하였다. 하지만 이 책은 반려동물 키우기 매뉴얼이 아니므로, 더 자세한 사항들은 관련 전문 서적들을 참조하길 바란다.

아무쪼록 이 책이 동물을 소중히 여기고 순수하게 대하는 사람들에게 도움이 되었으면 좋겠다. 그리고 매일매일 몸과 마음이 달라지는 청소년들이나 이제까지와는 다른 가치관으로 살아볼까 고민 중인 사람들처럼, 새로운 존재로 바뀌어가는 이들이 이 책을 읽어주길 바란다. 반려동물과 함께 지내며 자신의 뜻을 한껏 펼쳐나가면서도, 주변의 생명과 환경을 소중히 여기는 사람들이 많아진다면 좋겠다.

차례

프롤로그

모든 일은 개 한 마리에서 시작되었다

나의 첫 반려견 '복돌이'

어린 시절 우리 동네에는 바둑이, 누렁이, 해피, 메리, 쫑 등등 마당에 사는 개들이 많았다. 학교 갔다 돌아오면 꼬리 치며 반겨주곤 했다. 당시에는 실내에서 개를 키우던 집이 그리 많지 않았다. 동네 여기저기 개들이 똥을 싸고 돌아다녔다. 가끔 개에게 물리기도 하고, 사나운 개가 긴 목줄에 묶여 있으면 무서워서 피해 가기도 했다. 개들은 복날이 지나면 하나둘씩 없어지기도 했고, 쥐약을 먹은 쥐를 먹고 죽는 일도 간혹 있었다. 그렇게 개는 우리 주변에 늘 있었으나, 그다지 존재감이 크지 않은 존재로 공존하고 있었다.

내가 어른이 되어 실내에서 처음 기르게 된 개는 '복돌이'였다. 내가 품에 안고 잤던, 이른바 첫정을 준 강아지였다. 간절히 원해서 시작된 일은 아니었다. 우연한 기회에 아는 분을 통해 키울 수 있는 강아지가 나타났고, 아내가 특히 강아지를 키우고 싶어 했다. 개와 함께 사는 것을 처음에는 심각하게 여기지 않았다. 그것이 무엇을 의미하는지 몰랐다. 나는 철학을 공부하던 평범한 청년이었고, 개는 주인이 주는 밥이나 먹고 마당에서 실컷 자거나 집이나 지키다가 식구들이 돌아오면 반갑게 짖는, 그러다가 어느 날 사라지면 또 다른 강아지가 그 역할을 대신하는, 대수롭지 않은 존재라고 생각했다. 집 안이 어떻게 변해갈지, 내게 어떤 영향을 끼칠지 당시로서는 예상하지 못했다. 개와 함께 살아간다는 것이 어떤 의미를 갖는지 전혀 몰랐다. 하지만 내 방 안으로 나의 강아지가 들어오면서 뭔가 조금씩 바뀌게 되었다.

개 한 마리가 바꾸어놓은 내 삶의 변화들

복돌이와 처음 만난 순간을 아직도 잘 기억하고 있다. 그냥 토실토실한 게 귀여웠다. 혼자 있으면 너무 심심해할 것 같아서, 동배 새끼를 함께 입양했다. 그 아이에게는 '새솔이'라고 이름 붙여주었다. 데려오던 날 새솔이는 차에서 애꾹애꾹 토하기도 했고, 침대와 벽 사이에 끼어서 바둥대다 발견되는 위험한 일도 있었다. 내가 전적으로 그 녀석들의 생존을 책임져야 했고, 놀아줘야 했고, 아프면 돌봐줘야 했다. 사료를 정기적으로 사서 먹여야 했고, 싸놓은 똥오줌을 매번 치워줘야 했고, 목욕도 자주 시켜줘야 했다. 내가 뭘 먹고 있으면 자기들도 먹겠다고 옆에 와서 보챘고, 지칠 때까지 풀밭을 함께 뛰놀기도 했다. 내 품을 파고들며 자신들이 나를 얼마나 믿고 좋아하는지 전적으로 표현했다. '복돌이'라는 강아지를 만나며 나는 불면증이 줄었고, 즐거움이 늘었다. TV 동물 프로그램에서는 볼 수 없는 그들의 내밀한 모습들을 관찰할 수 있었고, 반려동물과 공존하는 삶에 대해 때때로 깊이 있게 생각하게 되었다. 그 전에는 생각해본 적 없는, 그 누구와도 느껴보지 못한 독특한 교감을 녀석들과 주고받게 되었고, 때때로 그들의 입장을 헤아려보는 경험도 했다. 처음에는 그러한 관계가 쉼 없이 십수 년 동안 지속될 거라고 전혀 예상하지 못했으나, 그 녀석들과 너무나 많은 일들을 함께했고 한없는 행복을 느꼈다. 그렇게 13년이 흘렀다.

그러던 어느 날 복돌이가 밥은 잘 안 먹는데 배는 자꾸 불러오고 피부에 핏기가 없어졌다. 너무 놀라 동물병원에 데려갔고, 결국 비장에 혈관육종이라는 악성종양이 있다는 진단을 받았다. 항암 치료를 하기 위해 근 8개월을 집에서 멀리 떨어진 동물병원을 오가야 했다. 아픈 복돌이와 함께 매주 동물병원을 오가며 삶과 죽음, 만남과 이별에 대해 많은 생각을 했다. 또한 간병 과정에서 파괴되는 일상, 상대와 나눌 수 있는 교감의 정도 같은 부분도 고민해보게 되었다.

조금이라도 복돌이의 활력을 되찾아주기 위해 '지산'과 '이지돌'이라는 어린 고양이 형제를 입양하기도 했다. 우연히 한 동물병원 홈페이지에서 본 유기된 고양이들의 모습에서 어린 시절 복돌이, 새솔이 형제가 연상되었기 때문이다. (이 글을 쓰고 있는 지금 이지돌은 내 무릎에서 골골대며 자고 있다.) 나의 첫 고양이인 그 아이들을 처음 만났을 때 역시 잊을 수 없다. 그 유연함과 매끄러움은 물론이려니와 옆으로 통통 뛰는 어린 고양이 특유의 몸짓도 저절로 미소를 부르는 매혹이었다. 나는 고양이라는 새로운 세계에 눈을 뜨게 되었다.

복돌이가 오랜 투병 생활 끝에 내 품에서 숨을 거둔 후 많은 시간이 흘렀다. 새솔이는 그 뒤로 5년을 더 살다가 떠났다. 천수를 누린 셈이다. 그리고 복돌이, 새솔이는 본 적도 없는 동생뻘 고양이들이 지금 우리 집 거실을 날아다니고 있다. 그리고 나는 강아지를 키우며 가졌던 이런저런 고민과 개인적인 삶의 방황 끝에 지금은 수의사로 살아가고 있다. 개, 고양이 들과 함께 살아가면서 반려동물을 대하는 자세도 바뀌고, 나아가 다른 사람을 바라보는 시선도 조금씩 바뀌었다. 또한 수없이 다양한 형태의 아픔을 가지고 있는 개와 고양이 들을 매일 만나며 조금씩 더 겸허한 자세를 갖게 되었다.

이 모든 일이 개 한 마리로 인해 시작되었다고 볼 수 있다. 복돌이를 만나면서 내 삶의 지평이 완전히 바뀌었다. 반려동물과 함께하다 보면 생각보다 많은 면에서 삶이 바뀔 수 있다. 수많은 사람들이 자신의 반려동물과 깊이 교감하며 살아가고 있다. 자신의 반려동물에 그치지 않고 다른 이들의 반려동물, 밖에서 살아가는 길고양이들, 축사에 있는 산업동물들, 연구실의 실험동물들, 나아가 지구상의 모든 동물들에 이르기까지 깊고 넓게 고민하는 이들도 있다. 자기 삶의 일부분을 할애하여 구조 활동을 하는 이들도 있고, 직업을 바꾼 경우도 있으며, 반려동물에 대한 애틋한 마음에 공감하는 이들끼리는 각별한 동질감을 느끼며 교류하기도 한다.

애완동물 vs. 반려동물

현재 우리 삶은 전근대 상황과는 판이하게 다른 모습이다. 경제적 풍요나 민주적 체제 혹은 정보통신의 발달이나 유전자 변형 등의 측면만이 아니다. 숲속이나 문밖에 있던 많은 동물들이 이제 집 안에까지 들어와 우리와 같이 살고 있는 것이다. 개, 고양이, 물고기, 새는 말할 것도 없고, 햄스터, 토끼, 고슴도치, 페럿, 미니돼지, 악어, 이구아나, 거미 등도 집 안에서 함께 지내고 있다. 이런 모습이 지금처럼 많은 가정에서 일상화되어 있는 것은 역사상 유례없는 일이다.

집 안에서 함께 지내고 있지만 그들은 여전히 야성을 지니고 있으며, 우리 중 많은 이들이 예전처럼 그들을 지배하려 한다. 하지만 그들은 어느덧 우리 삶에 들어와 있으며, 우리 중 일부는 그들을 동반자로 여기고 있다. 이런 변화된 국면은 반려동물에 대해 예전과는 다른 자세를 요구한다. 장난감이라는 의미의 '애완동물pet'에서, 함께 살아가는 존재라는 의미의 '반려동물companion animal'*로 그들을 부르는 명칭이 바뀐 것 역시 이런 모습을 반영한다. 이제 우리는 그들에게 이름을 붙여주고, 온기를 나누며, 사람에게서 느끼지 못하는 각별한 감정을 교류한다. 마지막 순간에는 깍듯이 예의를 갖추어 장례의식을 치르기도 한다. 누군가는 이런 모습을 사치로 여기지만, 누군가는 좀더 제대로 반려동물을 존중해야 한다고 말한다. 자연스럽게 반려동물과 공존할 수 있는 방법을 고민하고 모색해야 할 시점이다.

* **반려동물:** '애완동물'이 동물을 키우는 데서 인간이 느끼는 즐거움을 강조하는 말이라면, '반려동물'은 동물이 단지 장난감이 아니라 더불어 사는 친구(반려)임을 강조한 말이다. 1983년 10월 오스트리아 빈에서 열린 인간과 애완동물의 관계를 주제로 하는 국제 심포지엄에서 동물학자 콘라트 로렌츠에 의해 처음으로 제안된 개념이다. 국내에서는 2007년 동물보호법 개정 이후 공식적으로 사용됐다.

"이 모든 일이 개 한 마리로 인해
시작되었다. 복돌이를 만나면서
내 삶이 완전히 바뀌었다.
반려동물과 함께하다 보면 생각보다
많은 면에서 삶이 바뀔 수 있다."

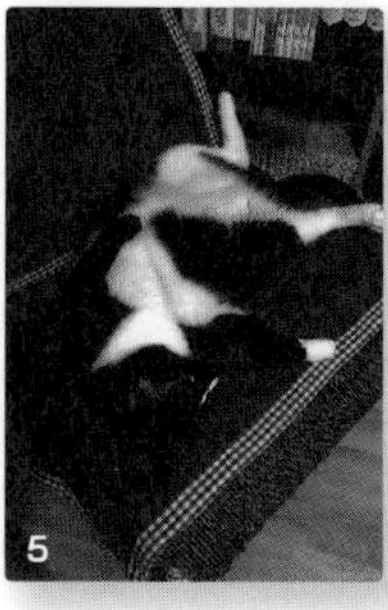

1_복돌이
2_지지
3_새솔이
4_이지돌과 지지
5_지산

첫 만남

어느 추운
겨울날,

친구 작업실에서
아기 고양이
다섯 마리를
만났어.

너는 그중,

가장 작고
못생긴 아이였지.

왜인지,
너는 처음 보는
내 모자 속으로 들어와
잠이 들었고,

너를 안고
집으로 돌아오던 밤,

작디작은
너의 울음소리를
기억해.

1장 만남

새로운 가족의 탄생

1. 만남의 과정에서 중요한 점들

계획보다는 대응!

많은 준비를 하고 나서 시작하는 것과 어쩌다 보니 얼떨결에 시작하는 것, 둘 중 어느 것이 나을까? 사업이나 등산이라면 준비가 필수적이지만, 여행이나 연애라면 글쎄. 어느 편이어도 무방하지 않을까 싶다. 그렇다면 개, 고양이를 키우는 일, 개, 고양이와 함께 지내는 일은 어떨까?

동물병원에서 진료를 하다 보면, 처음 반려동물을 입양하며 사람들이 느끼는 감정이 참 다양하다는 것을 알 수 있다. 기대와 기쁨에 가득 차서 애지중지하며 안고 오는 경우, 갑작스레 함께하게 되어 난감해하는 경우, 어쩔 수 없이 떠안게 되어 당혹스러워하는 경우 등 각양각색이다.

많은 것을 준비하고 입양하는 경우는 대개 기대에 차서 시작하고, 갑자기 혹은 어쩔 수 없이 함께 지내게 된 경우라면 대개 얼떨떨한 느낌으로 시작한다. 왠지 전자는 평탄할 것 같고 후자는 좌충우돌하거나 쉽게 파양할 것 같지만, 실제로는 꼭 그렇지만도 않다. 처음부터 잘 준비했더라도 막상 현실로 닥치면 애초에 생각했던 것과 다를 수 있고, 처음에 준비가 안 되었다 해도 차차 필요한 것을 갖춰 가면 된다. 더 중요한 것은 그다음이다. 계획보다는 대응! 물론 원칙을 알고 준비를 하면 대응이 훨씬 쉬울 수는 있으나, 핵심은 적절한 대응에 있다. 반려동물이 필요로 하는 것을 그때그때 혹은 조금씩 미리미리 준비해주고, 변해가는 상황에 따라 적절하게 대처해야 한다. 그런 과정에서 다양한 모습으로 서로의 관계가 형성된다. 시작할 때의 감정이 다양하듯이, 지내면서 형성되는 관계에 따라 지속되는 방식도 다양하다.

만남의 경로

만날 때의 감정만큼이나 만남의 경로도 다양하다. 가장 많은 경우는 펫숍이나 동물병원 혹은 개인이 가정에서 키우던 동물의 새끼를 비용을 지불하고 분양받는 경우다. 그다음으로 많은 경우는 동물병원이나 지인, 동호회, 인터넷 카페 혹은 유기동물센터 등을 통해 무료로 분양받는 경우다. 다른 사람이 못 키우게 된 녀석을 맡아 키우기도 하며, 고양이의 경우 길에서 만나게 된 후 이런저런 사연으로 데리고 들어와 살게 되는 일도 드물지 않다. 애초에 시작이 본인의 의사에 의한 경우도 있지만, 누군가의 부탁이나 권유 혹은 선물이나 떠넘김 등 타인의 의사에서 시작되기도 한다.

만남의 계기야 어떻든 함께하기로 했다면 끝까지 함께 잘 지내는 것이 중요하다. 싫든 좋든 가족 간의 관계가 장기전이듯, 반려동물과의 관계도 마찬가지다. 외로움의 해결책으로 중독되듯 반려동물에게 의존하는 관계도 문제지만, 평생의 짐으로 여겨 책임감만으로 떠안고 가는 관계도 문제라고 볼 수 있다. 보호자와 반려동물 간에는 주고받는 것이 분명 있지만, 서로에게 부담이 되지 않는 적절한 관계로 지내는 것이 중요하다. 그 방식에 정답이 있는 것은 아니며, 경우에 따라 매우 다양하다. 구체적인 내용들은 차차 논의하겠지만, 서로를 파괴하지 않고 존중하는 방식이라면 어떤 모습이든 상관없다.

입양할 때의 체크 포인트

입양과 관련하여 수의사로서 언급하고 싶은 점이 몇 가지 있는데,

그중 하나는 어린 개체의 입양 시기다. 어미젖을 먹는 기간이나 새로운 환경에 적응하는 능력 등을 고려할 때 적어도 8주 이상은 된 개체를 입양하는 것이 좋다. 지나치게 어릴 때 입양하게 되면 신체적으로나 정서적으로 평생 문제가 될 수도 있다. 그리고 입양 당일 동물병원에 들러 기초적인 건강 상태를 점검하고 구충驅蟲을 실시하는 것을 권한다. 대개의 경우 큰 비용이 들지 않으며, 전문가에게 많은 조언을 얻을 수 있는 계기가 되기도 한다. 백신은 대략 1주일이나 열흘가량 새로운 환경에 적응한 후 실시하는 것이 좋다. 새로운 환경에 적응하는 것도 스트레스고 백신 접종 역시 그러한데, 스트레스가 가중되는 것은 어린 개체에게 큰 문제가 될 수 있기 때문이다. 새로운 온도, 습도, 먹이, 잠자리, 동거인 등 새로운 환경에 완전히 적응하는 데는 두세 달 이상 걸릴 수도 있으나, 평균적으로 기본 생활 부분은 2~3주 안에 적응하게 된다.

성견, 성묘를 입양하는 경우에도 마찬가지다. 기초적인 건강 검진을 받고 구충, 백신 접종 여부를 확인하는 것은 똑같이 중요하다. 유기된 동물이든 다른 집에서 지내던 동물이든, 다른 사람 손에서 키워진 다 큰 개, 고양이를 입양하는 것은 대개는 칭찬받을 만한 아름다운 일이다. 하지만 좀더 신경 써야 할 부분이 있는데 공존할 수 있는 성향의 개체인지, 혹시 질환을 가지고 있다면 자신이 그 부분을 감당할 수 있을지 잘 생각해봐야 한다. 경제적 여건이나 시간적 여유 등 자신의 상황을 고려하지 않고 측은한 마음만으로 입양했다가 감당하기 어려운 일이 발생하면, 본인도 안타깝겠지만 그 녀석들에게는 또 한 번 아픔을 주게 되기 때문이다. 성격상 큰 문제가 없고, 질환이 있더라도 간단하게 치료될 수 있는 경우라면 전혀 문제가 되지 않는다.

새로운 동물을 만나기 전 혹은 만난 이후 적절한 사료나 그릇, 깔개나 용변 처리 도구 등을 준비하는 것도 중요하지만, 대하는 자세를 가다듬는 것도 그 못지않게 중요하다. 사육하는 것이 아니라 함께 살아가는 것이기 때문이다. 아이를 대하듯 하면 된다는 점이 포인트다. 학대하거나 소홀히 해도 안 되지만, 너무 잘해주려고 안달하거나 조급하게 서둘러서도 안 된다. 그러면 꼭 탈이 난다. 새로 입양된 동물에게 가장 큰 적은 그들을 장난감처럼 대하는 어린이들과, 그 광경을 보고도 호들갑을 떨며 재미있다고 부추기는 어른들이다. 그런 행동은 낯선 환경에 적응하기에도 벅찬 녀석들에게 스트레스를 두 배 세 배 가중시키는 셈이다.

제도 개선과 공존의 원칙

분양되는 반려동물들은 농장에서 태어나기도 하고, 일반 가정에서 태어나기도 하며, 간혹 외국에서 데려오기도 한다. 사실상 비인도적 방식으로 교배, 출산, 분양이 이뤄지지 않도록 책임 있는 기관을 통해 통제되어야 한다. 이 과정에서 전염병이나 선천적 질환 등이 수의사를 통해 체크되어야 하는데, 아직 우리나라는 제도적으로 미흡한 측면이 많다. 영국이나 일본의 경우, 수의사가 포함된 전문가 집단에 의해 새로 태어난 자견, 자묘가 충분한 수유 기간을 보장받을 수 있도록 통제되고 있다. 그런 과정에서 당연히 유전적 질환이나 감염성 질환이 없는지 확인하는 절차를 거치게 됨으로써, 삶의 질을 저하시키는 다양한 유전 질환을 가진 개체가 확산되는 것을 막고, 입양하자마자 보호자들이 지나친 책임을 져야 하는 부담에서 벗어나게 된다. 독일의 경우는 반려동물의 매매와 교배가 법으로 금지되어 있고, 유기동물센터를 통해 분양받는 방식으로 운영되고 있다고 한다. 분양받을 때도 온 가족이 센터를 방문하여 모든 가족 구성원이 동의한다는 서명을 하고, 동물을 키우는데 필요한 기본적인 상식과 방법을 안내받는다고 한다. 가정에서 태어난 경우에도 수의사가 방문하여 출생신고 및 식별번호 부여를 하게 되어 있다.

나라마다 사정이 다르므로 외국의 방식을 그대로 적용하는 것은 무리일 수 있다. 하지만 입양 단계부터 반려동물을 철저히 보호하는 제도적 차원의 개선이 필요하다는 것은 확연히 느낄 수 있다. 외국의 방식을 참고하면 우리도 얼마든지 제도적으로 정비하여 올바르게 바꿔나갈 수 있는 부분이 많이 있다. 다행히도 번식장이나 경매장에 대한 관리, 인터넷 거래에 대한 통제, 수입 과정에서의 검역, 동물 분양 업무 종사자에 대한 관리 등이 이전에 비해 점차 나아지는 추세다. 아직은 완전히 정착되지 않았지만 동물보호법 제정이나 동물등록제 실시 등도 이전에 비하면 많이 개선되고 있는 중이라고 볼 수 있다.

기본적인 것들을 적절히 제공하면서 그 녀석들이 필요로 하는 것은 무엇인지 살피고, 해서는 안 되는 것은 어떻게 제한할 것인지 생각하며 공존의 원칙을 세워 가면 된다. 녀석들을 지긋이 바라보면서 어떤 관계가 맺어질지 느긋하게 기다리면 된다. 사람 간의 관계가 다 다르듯 반려동물과 보호자의 관계 역시 똑같은 관계는 하나도 없다. 서로의 관계가 어떻게 형성될지는 아무도 모른다. 신비로움 그 자체다. 그 녀석들이 자유롭게 한껏 꽃피우는 삶을 살아가길 원하는가? 절반은 그 녀석에게, 절반은 나에게 달려 있다. 우리 삶이 어딘가에 던져진 채 시작된 것과 마찬가지로, 나의 개와 고양이도 나에게 던져진 채 그들의 삶이 본격적으로 시작된다. 그들은 이제 내 삶의 동반자이며, 나는 그들에게 하나의 우주다.

2. 이름,
관계 맺기의 시작

이름을 지어준다는 것

내가 그의 이름을 불러주었을 때
그는 나에게로 와서
꽃이 되었다.
—김춘수, 「꽃」에서

무언가에 이름을 지어 부른다는 행위! 그것은 이렇게 무언가가 나에게 의미 있는 존재로 살아나는 계기가 될 수 있다. 이름 따위에는 애초에 관심조차 없어 보이는 동물들과 함께 살아가면서, 우리는 그들에게 이름을 지어준다. 만남의 계기를 만들어준 지리적 요소에 근거하기도 하고, 만난 지 얼마 안 되어 갖게 된 인상에 기반을 두기도 하며, 그 상대와는 전혀 무관하게 자기가 그냥 좋아하거나 바라 마지않는 것을 투사하기도 한다.

어떤 이름들이 있을까?

동물병원에 데려오는 개나 고양이의 이름 중 많은 경우는 첫인상에 따라 지은 이름들이다. 색깔이나 무늬와 관련된 이름이 가장 많다. 까망이, 검둥이, 블랙 등은 대개 검은색이며, 흰둥이, 백설이, 유키 등은 대체로 흰색이다. 눈 색깔을 보고 연두나 카키라고 짓기도 한다. 바둑이, 달록이 등의 이름을 가진 아이들은 흑백이 어우러져 있거나 다채로운 무늬가 있다.

품종과 관련된 이름도 많다. 슈나우저 중에는 슈나가 많고, 코커스패니얼 중에는 코코가 참 많다. 소리나 성격과 관련된 경우도 많은데 깡깡이, 삐약이, 꽁알이 이런 아이들은 대체로 시끄럽고, 붕붕이, 쌩쌩이, 깨방정 이런 아이들은 대체로 정신없이 나댄다. 촉감이 좋아서 짓기도 한다. 처음 만났을 때 너무나 포근하고 귀여운 느낌을 받아 말랑이, 포근이, 꼬물이, 모찌모찌라고 이름을 지었으나, 그 이미지와는 다르게 크기도 한다.

또 많은 경우는 보호자 자신이 좋아하는 것들로 이름을 짓는다. 음식과 관련된 이름도 많다. 딸기, 호두, 만두, 간장이, 간식이, 자두, 모카, 바닐라, 심지어는 꽁치, 낙지, 쌀밥, 숭늉이도 있었다. 명품 브랜드명으로 짓기도 하는데 샤넬, 디올, 페라리 등이 있었다. 부자가 되길 바라며 대박이, 돈방석, 돈벼락, 로또, 이억이라고 짓기도 한다. 햇님, 꽃님, 별이, 구름이 등 아름다운 자연물에서 딴 이름도 많다. 그 아이와 자신의 건강을 기원하며 씩씩이, 튼실이, 장수, 건강이라고 짓기도 한다. 은총이, 소망이, 반야 등 종교적 색채가 짙은 이름도 가끔 있다.

기억에 남는 이름으로 '쓸개'라는 고양이가 있었는데, 처음에는 정말 이상하게 들렸다. 알고 보니 담낭절제술을 받은 보호자가 고양이를 입양하며 소중하게 생각하는 마음으로 '내게 이젠 없어졌지만, 너는 나에게 새로운 쓸개가 되어주렴' 하면서 쓸개라고 이름을 붙여주었다는 사연을 듣고 놀란 적이 있었다.

특정 지명과 관련 있거나, 영화나 드라마, 만화나 소설 등에서 따온 이름도 종종 있다. 처음 만난 지역이나 당시에 보호자가 살던 동네를 따서 지은 단양이, 흑석이, 브루클린 등의 이름이 있었다. '김재규'라는 이름의 고양이도 있었는데 처음 들었을 때는 무언가 정치적 의미가 있는 것인가 싶었으나, 알고 보니 노량진에 있는 '김재규경찰학원' 근처에서 구조해서 그렇게 지었다고 했다. 금동이, 은동이, 동동이는 올림픽 전후에 입양된 아이들이고, 사강이, 슛돌이, 쵸파, 곤이는 월드컵이나 만화와 관련된 이름이었다.

예전에 개봉한 영화 주인공과 같은 이름인 견우는 이젠 노령견이 되었고, 비교적 최근 히트한 드라마의 주인공 이름과 같은 천송이, 도민준, 덕선이, 정봉이 등의 강아지들은 아직 어린 상태다.

한편 곰돌이, 복실이, 순자, 춘식이, 봉구, 봉자 등 순박하고 향수 어린 이름으로 짓기도 하고, 맹구, 꼴통, 삼순이, 삼식이 등 놀리는 듯한 이름을 붙이는 경우도 있다. 춘향이, 니체, 단테 등 사람 이름으로 짓기도 한다. 가끔 강아지인데 야옹이라고 짓고, 고양이인데 멍멍이나 바둑이라고 지어서 나를 놀라게 하는 사람도 있었고, 돼지, 토끼, 노루, 개구리, 기린 등의 이름을 부여받은 개, 고양이도 있었다. 아마도 첫 이미지가 그런 동물들과 비슷했던 게 아닐까 싶다. 도도, 레레, 솔솔, 파파나 쪼일이, 쪼이, 쪼삼이도 있었는데, 입양될 때 각각 네 마리, 세 마리여서 해당 숫자와 관련된 이름을 찾다가 지은 듯 보였다.

재작년에 우리 병원에서 '복올'이라는 푸들 강아지가 간 질환으로 갑작스럽게 사망한 적이 있었다. 얼마 후 보호자가 새로 비슷하게 생긴 푸들 강아지를 입양해 백신을 맞히러 왔다. 이런저런 이야기 중에 이름을 뭐로 지었냐고 물으니, '복올'이라는 것이다. 세상을 떠난 그 아이와 계속 함께 있고 싶은 마음에, 비슷하게 생긴 아이를 입양해 같은 이름을 붙였다고 했다. 이렇게 전에 키우던 동물이 죽고 난 후, 새로 입양한 동물에게 같은 이름을 지어주는 경우도 보았다. 동물복제 기술을 통해 키우던 반려동물과 계속 함께

하려는 사람들의 마음과 비슷한 듯하다.

이름을 쉽게 짓는 사람도 있지만, 고민에 고민을 거듭한 끝에 짓는 경우도 많다. 내 경우도 복돌이, 새솔이, 지산이, 이지돌 등은 정말 정성을 다해 지었던 것 같다. 그런데 지내다 보니 키우는 개와 고양이 들이 하나둘씩 늘어가고, 또 직업상 왠지 앞으로도 늘어날 가능성이 커 보였다. 그래서 아예 이름을 미리 지어놓았다. 고스톱에서 화투패 버리는 순서로 얘기되는 비·풍·초·똥·팔·삼으로. 이름을 지어놓은 후 데려온 순서대로 지비, 지풍, 지초로 붙였고, 지금은 지똥이까지 있다. 앞으로 올 녀석들은 지팔이, 지삼이가 된다. 사연을 알고는 이름을 너무 막 짓는 것 아니냐고 면박을 주는 사람들이 많다. 면피용으로 남들이 버리거나 잃어버린 아이들을 내가 소중하게 건사하겠다는 의미로 지었다고 둘러대 보기도 했으나 믿지 않는 눈치다. 그럼에도 이름 짓기 너무 귀찮아하는 것 아니냐고 여러 번 혼이 났다.

정말 상상을 초월하는 방식으로 이름을 짓는 사람들도 있다. 직장에서 한 직원이 눈 성형수술을 하고 와서 누군가가 '니 눈이 참 예뻐졌구나'라고 한 날 입양되었다고 '니눈이'라고 짓는 사람이 있질 않나, 동물병원에 와서 부를 때마다 깜짝깜짝 놀라게 하는 '네이년' '이노미' 등도 있었다. 어떤 사람은 동물병원에 처음 방문해 환자 등록을 하면서 이름을 계속 바꾸기도 했다. "에이미, 애이니, 금동이, 아니 골드윈으로 해주세요. 제가 금을 좋아하고 승리를 기원하는 의미로 윈, 그러니까 골드윈으로 지을게요." 조금 난감했으나 아직까지 그 아이는 '골드윈'이란 이름을 유지하고 있다. 남들은 알 수 없는 자신만이 아는 특이한 추상어, 외국어, 신조어로 짓는 경우도 있는데, 궁금해서 물어봐도 멋쩍은 것인지 비밀로 간직하고 싶어서인지 대충 얼버무리거나 잘 얘기해주지 않을 때가 많다.

내가 들은 가장 특이한 이름은 '밤의 분노 반'이었다. 동물병원 차트에 등록하기 위해 동물의 이름을 묻는데 보호자가 자꾸 '밤의 분노 반'이라는 것이다. 도대체 이름 같지가 않아서 "네? 뭐라고요? 써주실래요?"라고 했다. 그래도 여전히 내가 이상해하니까 보호자가 먼저 "그럼 그냥 '반'이라고 해주세요"라고 했다. 그 아이의 이름을 부를 때마다 참으로 어색했다. "밤의 분노 반이 어디가 아픈가요?" "밤의 분노 반이 약을 먹고 혹시 구토를 하지는 않았나요?" "밤의 분노 반은 입원실에서 밥도 잘 먹고 있으며 컨디션도 양호합니다" 등 진료에 집중을 할 수가 없었다. 나중에 알고 보니, 보호자가 좋아하는 일본 만화의 주인공 이름이라고 했다. 아하! 충분히 그럴 수 있겠다 싶었지만, 여전히 이제껏 보아온 최고로 독특한 동물 이름이다.

사람들은 자기 자식의 이름을 지을 때 잘 먹고 잘 살라고, 오래 살고 행복하라고 염원을 가득 담아 짓기도 하고, 자신이 인생에서 가장 소중히 여기는 가치를 다소의 강요를 담아 짓기도 한다. 정신적으로 불안정한 사람이 아닌 한, 대체로 축복, 기대, 염원을 담아 이름에 아주 간절하고 소중한 의미를 부여한다. 어떻게 불리느냐에 따라 그 대상이 어떤 이미지로 다른 존재들에게 각인될지 잘 알기 때문이다. 그리고 다른 존재들에게 어떻게 각인되느냐에 따라, 그들이 그 대상을 어떻게 파악하고 어떻게 대할지도 결정될 수 있기 때문이다. 그래서 노골적으로 영광과 성취를 염원하기도 하고, 때로는 속마음을 감추고 착하고 겸손한 척 이름을 짓기도 한다. 이름이 어쩌면 그 사람의 인생행로에 큰 영향을 끼칠 수도 있다고 여기는 듯하다.

무언가에 이름 짓는 방식을 보면, 자신이 어떤 존재인지 알 수 있다. 그 대상이 동물이든 사람이든 마찬가지다. 다만 그 대상이 동물이라면 좀더 자유롭고, 좀더 무의식의 세계가 드러날 뿐이다. 이를 통해 자신에게 무엇이 중요한지, 자신이 상대에게 바라는 것이 무엇인지, 자신이 상대와 어떤 방식으로 관계 맺기를 바라는지, 자신이 끝내 이 세상에서 성취하고 싶은 것이 무엇인지를 어렴풋이 알 수 있다. 혹은 스스로가 책임과 즐거움 중 어떤 것에 무게를 두는지, 남들에게 묵직하게 보이고 싶은지 가볍게 보이고 싶은지, 남들에게는 보이고 싶지 않은 자기만의 세계에서 어떤 모습으로 살아가고 있는지, 그리고 이유도 의미도 알지 못한 채 이곳에 던져진 자신이 끝내는 어떻게 사라져가길 상상하고 있는지 잠시나마 생각해볼 수 있는 단초가 된다.

이렇듯 이름은 그 자체로도 의미가 있으며, 반려동물과의 관계도 이름을 지어 부르는 것으로 시작하게 된다. 하지만 시간이 지날수록 이름은 단순한 호칭의 기능만 가질 뿐, 그 아이도 나도 이름과 상관없는 자신만의 참모습으로 관계를 맺게 된다. 그 이름이 까망이든 복돌이든 딸기든 로또든, 내 마음속에 자리 잡은 그 아이 자체로 충분하다. 장미를 장미라 부르지 않더라도 그 향기에는 변함이 없고, 줄리엣에게 로미오는 그 이름이 설사 로미오가 아니더라도 소중함이 달라지지 않는 것처럼.

그대의 이름만이 나의 적일 뿐이에요.
몬터규가 아니라도 그대는 그대이죠.
몬터규가 뭔데요? 손도 발도 아니고
팔이나 얼굴이나 사람 몸 가운데
어느 것도 아니에요. 오, 다른 이름 가지세요!
이름이 별건가요? 우리가 장미라 부르는 건
다른 어떤 말로도 같은 향기 날 겁니다.

로미오도 마찬가지. 로미오라 안 불러도
호칭 없이 소유했던 그 귀중한 완벽성을
유지할 거예요. 로미오, 그 이름을 벗어요.
그대와 상관없는 그 이름 대신에
나를 다 가지세요.

—「로미오와 줄리엣」 2막 2장, 줄리엣의 대사에서*

---

* 윌리엄 셰익스피어, 『로미오와 줄리엣』, 최종철 옮김, 민음사, 2008년, 53쪽.

3. 사랑하는 마음만으론 부족해

'밍밍'은 '고양이'다

어느 날, 동물병원으로 이런 전화가 걸려왔다.

"아기 고양이가 어제부터 갑자기 다리를 못 써요."

고양이는 다리가 네 개여서, 앞에도 있고 뒤에도 있다. 간혹 앞다리를 손처럼 쓰는 고양이도 있긴 하지만.

"앞다리인가요, 뒷다리인가요?"

"뒷다리요. 주저앉아서 펴지를 못해요. 질질 끌고 다니다시피 해요."

나는 바로 동물병원에 내원하도록 안내했다. 과연 보호자의 말대로 아기 고양이는 뒷다리를 펴지 못하고 주저앉아 눈만 말똥

말똥했다. 문진을 시작했다. 보호자에게 아기 고양이와 만나게 된 계기부터 이제까지 보살펴온 방식을 체크하는 과정에서 놀라운 사실을 알게 되었다. 이 고양이가 태어난 지 3주가량 되었을 때부터 두 달 동안, 사람이 먹는 쌀밥만 주로 먹였다는 것이다.

정밀한 확인을 위해 방사선 촬영을 하고 난 후에는 아연실색할 수밖에 없었다. 모발이나 피부, 근육 등 여기저기서 영양 결핍의 징후가 많았지만 뼈가 특히 연약했다. 골밀도가 너무 낮아서 다리뼈는 톡 치면 부러질 것 같았다. 골반은 잘 확인되지도 않았고, 당연히 대퇴부와 골반이 연결된 고관절 역시 발달이 저해되고 있는 상태였다. 배변도 원활하지 않은 듯 거대결장이란 질병으로 발전하기 일보 직전의 극심한 변비 증상을 보이고 있었다.

건물 사이에 끼어 바둥거리던 새끼 고양이를 안타까운 마음에 구조하였고, 고양이를 처음 키우면서 이것저것 주다가 쌀밥을 잘 먹기에 주로 밥을 주었고, 간혹 우유나 참치, 돼지고기를 조금씩 줬다고 했다. 사랑은 충분했으나, 고양이가 뭘 먹어야 하는 동물인지 그 보호자는 전혀 몰랐던 것이다. 더욱 안타까운 것은 보호자가 음식점을 운영하고 있어서 고기가 많았는데도 줄 생각을 못했다는 점이다.

고양이는 전적으로 육식을 해야 하는 동물이다. 자연 상태에서 그들은 쥐, 벌레, 개구리, 작은 새 등을 사냥한다. 간혹 사냥 능력이 뛰어난 녀석들은 꿩이나 토끼 등을 사냥하기도 한다. 이런 점을 보아서도 쉽게 짐작할 수 있겠지만 고양이는 단백질과 지방의 소화·흡수 능력이 매우 탁월하다. 하지만 탄수화물 처리 능력은 매우 미흡하다. 사람에 비해 위액의 산성도도 강하고, 분비되는 단백질, 지방 소화효소도 월등히 많다.

또한 단백질은 빨리 처리하고 배출하지 않으면 질소노폐물이 많이 발생하기 때문에 빨리 배출하는 것이 좋다. 그래서 고양이는 사람에 비해 소장과 대장의 길이가 상대적으로 짧다. 더욱이 타우린 같은 아미노산이 결핍될 경우에는 심근비대증 같은 질환에 시달리기도 한다. 그런 점을 모른 채 탄수화물 덩어리인 쌀밥만 주로 주었으니 영양 상태가 매우 불량할 뿐 아니라 주요 기관의 발달도 방해받게 된 것이다.

그 이후 '밍밍'이란 이름을 얻은 새끼 고양이는 몇 차례 관장과 내복약 복용을 통해 극심한 변비를 해결하고, 균형 잡힌 고양이 전용 사료를 먹어가며 조금씩 회복할 수 있었다. 고양이에게는 배뇨배변할 때 모래 상자를 제공해야 한다거나, 춥고 건조한 환경에서 안과 및 호흡기 질환이 자주 발생한다는 등의 몇 가지 기초적인 정보들을 밍밍의 보호자에게 알려주었다. 밍밍은 이제 어느 정도 고양이다운 삶을 누릴 수 있는 기본적 환경에서 살아가고 있다.

밍밍의 경우처럼, 각각의 동물들이 살아가는 데 갖춰져야 할 필수적인 삶의 조건들을 잘 알고 제공하는 것이 기본이다. 그러나 그것이 전부는 아니다. 그들의 정서적 상황을 잘 파악하고 대하는 것도 매우 중요하다. 내가 이런 생각을 하게 된 계기는 '지지'를 통해서다. 지지는 나의 세번째 고양이다. 지지는 내가 전적으로 미모 때문에 입양하게 되었다. 객관적으로는 모르겠으나, 내 눈에는 세상에서 제일 예쁜 고양이다.

지지는 태어난 지 2~3개월쯤 되었을 때 길에서 구조된 아이였다. 임시 보호하던 사람이 입양처를 찾을 수 없어 내가 키우게 되었는데, 지지를 보자마자 아주 마음에 들었다. 지지는 흔히 '코숏'이라고 부르는 흰색 암컷 단모종 고양이였다. (특정 지역의 단모종 고양이를 통칭하여 '도메스틱 숏헤어Domestic Shorthair'종이라고 부른다. 미국에는 '아메리칸 숏헤어,' 영국에는 '브리티시 숏헤어'가 있다. 우리나라에 사는 단모종 고양이는 아직 정식 고양이 품종으로 등록되지는 않았으나, 우리끼리 '코리안 숏헤어,' 줄여서 '코숏'이라고 부르고 있다. 정식 용어로는 '도메스틱 숏헤어'라고 보면 된다.)

집에 데리고는 왔는데 상황이 여의치 않았다. 쓰다듬어주고도 싶고 발톱을 깎아주고도 싶었지만, 지지는 미모만큼이나 너무나도 앙칼졌다. 너무 하악 대고 할퀴어서 손을 댈 수조차 없었다.

주는 밥만 먹고는 재빨리 가구 위 자신의 은신처에 올라가 종일 내려오질 않았다. 집에는 이미 두 마리의 다 큰 수컷 고양이가 있었고, 나이 든 두 마리의 개까지 있었다. 그런 경우에는 더욱 조심해서 2~3주의 시간을 두고 서서히 서로를 만나게 해야 하며, 화장실로 쓰는 모래 상자의 숫자도 충분히 제공해야 하는데, 당시에는 그런 점을 잘 몰랐다. 그냥 알아서 잘 지내려니 싶었다.

집에 데려와 무려 4년을 같이 살았지만, 머리 한번 쓰다듬지 못한 채 지냈다. 그러던 어느 날 새벽, 소파에 누워 있는 내게 지지가 기대어 왔다. 머리로 내 옆구리를 비볐고, 부드럽게 턱을 만지니 도망가거나 할퀴지 않고 더 들이밀었다. 4년! 친화도를 쌓을 수 있는 황금기인 생후 한 달에서 두 달 사이, 길거리에서 가혹한 경험을 하면서 인간에 대한 공포만 갖고 있던 한 고양이가 두려움을 극복하고 인간에게 다가오기까지 무려 4년이 걸린 것이다. 애초에 포기하고 있던 터라 올 것 같지 않던 그 기적 같은 순간은 지금 생각해도 너무 황홀하다. 지지는 내 배 위에 무려 30분을 머물러 있었다. 그 이후로 지지는 완전히 내게 자신을 맡기지는 않지만, 종종 쓰다듬을 수 있게는 허용해준다.

밍밍의 보호자처럼 나 역시 내 입장에서만 고양이를 바라보고 있었다. 밍밍의 보호자는 고양이에게 필요한 필수 영양소를 몰랐으나, 나는 상처받은 고양이가 마음을 열고 사람에게 다가오기까지 기다릴 줄 몰랐다. 할퀴면 신경질을 냈고, 어째서 애가 저 모양인지 모르겠다며 4년을 투덜댔다. 고양이들의 몸과 마음은 자연 상태에서 함께 살아가는 동배 새끼들, 어미 고양이, 근처의 다른 고양이들과 자연스럽게 교류하며 안정적으로 형성된다. 따라서 전혀 이질적인 존재인 인간과 교류하는 방식을 받아들이는 것은 쉬운 일이 아니다. 내 입장만 생각하여 상대에게 강요하는 방식은 상처 입어 예민해진 고양이에게 더욱 금물이다. 그들이 나와 신뢰를 쌓을 수 있는 충분한 시간이 필요하며, 그들이 다가올 때까지 느긋하게 기다려야 한다. (끝끝내 다가오지 않는 슬픈 경우도 간혹 있긴 하지만.) 그렇게 자연스럽게 관계를 맺는 것이 필요하다.

반려동물을 대할 때 가장 필요한 것이 사랑임에는 틀림없다. 그러나 그것만으로는 부족하다. 그들이 맘 편히 살아가는 데 필수적인 요건들이 무엇인지 잘 알고 제공해줘야 한다. 또한 그들이 모든 두려움을 떨쳐버리고 나를 받아들일 수 있을 때까지 기다려줘야 한다. 인간의 입장을 강요하지 않고, 그들의 존재 자체를 존중하며 정성을 다하는 자세가 중요하다. 우리가 인간을 포함한 다른 존재에게 정성을 다해야 하는 이유는, 내가 함부로 해서는 안 되는 것을 마구잡이로 대한다면, 자칫 나를 둘러싼 모든 것들에 대한 파괴자가 될 수 있기 때문이다.

반려동물은 우리가 함부로 할 수 있는 존재가 아니다. 그들에게 정성을 다해 대해야만, 힘든 과정을 거쳐 우리와 교류할 수 있게 된다. 그래야만 그들의 삶이 파괴되지 않고 평안해질 수 있다.

내가 함부로 할 수 없는 것에 대해 경외심을 갖고 온 정성을 다한다면 내 주위의 세상은 매우 자연스럽고 부드럽게 흘러갈 것이다.

수의사에게
쏟아지는 질문들

철학도였을 때 참 많은 당혹스러운 질문들 사이에서 살았던 기억이 난다. '무엇에서 삶의 의미를 찾을 수 있는가? 과연 진리란 있는 것인가? 인식이 도대체 어떻게 가능한가? 이 고통 속에서 어떻게 하면 벗어날 수 있는가? 나는 왜 사는가?' 이런 밑도 끝도 없고, 누가 책임져야 하는 것인지도 모를, 대답하지 않으면 마치 빚진 것 같은 질문들. 결국 진심도 중요하지만, 그것을 내뱉듯이 무절제하게 쏟아내기보다는 정제된 말로 제대로 된 질문을 하는 것이 그 못지않게 중요하다는 것을 알게 되었다.

어딜 가나 진심 어린 자세로 상대를 당황케 하는 사람들이 있어서일까? 수의사가 된 이후로도 양상은 다르지만 정말 당혹스럽고 힘든 질문들을 피할 수는 없는 것 같다. '선생님, 제가 강아지를 처음 키우는데 앞으로 어떻게 하면 되는 건가요?' '고양이를 구조했는데 어떻게 키우면 되나요?' '이 녀석들에게 뭘 하면 좋고, 하면 안 되는 것은 무엇인가요?' 내가 겨우 대답을 마치면, '아, 저기 질문이 몇 가지 더 있는데……' 으악!

책 한 권 분량으로 써도 시원치 않을 것 같은 이런 방대한 영역에 대해 짧고도 분명하게 묻고, 맑은 눈빛으로 대답을 기다리는 분들 앞에서 나는 명줄이 며칠은 줄어드는 느낌이다. 그분들의 진심을 의심할 바 없이 잘 알고 있으나 나 또한 살아야 하기에, 서로를 위해 조금씩 양보하는 차원에서 아주 짧게나마 개나 고양이를 키울 때 하면 좋은 것 몇 가지와, 해서는 안 되는 것 몇 가지를 얼마간 진료 수의사 생활을 한 입장에서 제공하는 것으로 타협하고 싶다. 이 외에도 각자 좀더 노력해야 한다는 점을 잊지 말자.

개인적으로 많은 도움을 받은 책 두 권을 추천하고 싶다. 하나는 존 브래드쇼의 『캣 센스』(글항아리, 2015), 그리고 또 하나는 뉴스킷 수도사들의 『뉴스킷 수도원의 강아지들』(바다출판사, 2014)이다.

반려동물을 키울 때 이것만은 꼭 명심하자!

- 일정한 시간에 일정한 방식으로 먹이 주기 (○)
- 제때 백신, 구충, 중성화, 스케일링, 정기검진 하기 (○)
- 개와 볕 좋은 날 흙 밟으며 평지 산책 (○)
- 고양이가 조용히 햇볕 쬐기 좋게 창 앞에 포근한 깔개 깔아주기 (○)
- 개와 민들레꽃이 있는 잔디밭에서 함께 뛰놀다 지쳐서 쓰러지기 (○)
- 골골대는 고양이와 붙어서 잠자기 시작해 그 녀석이 밥 달라고 깨울 때까지 잠자기 (○)
- 볼 만져주기, 싫어하지 않는다면 많이 쓰다듬어주기 (○)

- 양파, 마늘, 파, 초콜릿, 자일리톨, 포도, 닭뼈, 짠 음식, 돼지고기, 견과류 등 주기 (×)
- 사료를 이유 없이 자주 바꾸기 (×)
- 고양이에게 이사 소음을 들려주거나, 낯선 고양이와 곧바로 대면시키기 (×)
- 날카로운 금속이나 끈, 실이 달려 있는 장난감 주기 (×)
- 간식을 사료보다 더 주기 (×)
- 발정 난 암고양이 엉덩이 두드리기 (×)
- 개 산책 시 질질 끌려다니거나, 개가 옆이나 뒤에서 따라오도록 통제하지 않기 (×)

사료를
추천해주세요

사료를 추천해달라는 요구를 자주 받는다. 대개는 가장 좋은 것을 먹이고 싶어서고, 일부는 트러블을 경험해서다. 피부나 위장관 혹은 비뇨기계 쪽에 문제가 있는 경우, 수의사가 먼저 사료를 처방하기도 한다. 처방식*도 브랜드별로 사실상 조금씩 차이가 있으며, 개체에 따라 효과적이기도 하고 별 효과가 없기도 하다. 따라서 경험 많은 수의사와 진솔한 상담을 할 필요가 있다.

상담을 하다 보면 무엇을 먹이는 것이 가장 좋을지 고민 끝에 조심스럽게 묻는 경우가 가장 많다. 습식사료가 좋은지 건식사료만으로도 충분한지, 자연식이 좋은지 사료가 더 나은지, 간식을 주는 것이 좋은지 어떤지 등등. 일부 고양이 보호자들은 인터넷에 떠도는 사료 등급표를 언급하며 최고 등급의 사료를 먹이는 것이 어떤지 가끔 묻기도 한다. 우리 인간도 위생적으로 처리된 보통의 식재료로 음식을 맛있게 만들어 먹으면 충분하지, 매일 최고 등급 한우에 유기농 이천 쌀로 밥을 해먹어야 제대로 살아가는 것은 아니지 않은가?

반려동물에게 어떤 식으로 급이給餌하는 것이 가장 좋은지에 대해서는 다양한 견해가 있다. 충분한 사료 제조 노하우를 가진 회사에서 나온 중상급 이상의 사료를 급이했을 때, 설사나 구토 등을 일

* **처방식:** 환자식으로, 질병 있는 개체들에게 처방하는 사료이며, 일반 사료와 영양소가 다르게 조절되어 있다.

으키지 않고 체중 변화나 피부, 모발에 문제가 발생하지 않는다면, 안심하고 먹여도 된다는 것이 내 입장이다. 물을 잘 먹는다면 건식사료만으로도 충분하지만, 습식사료를 건식사료 위에 토핑해주는 것도 매우 좋은 방법이라고 본다. 자연식도 좋고 최고 등급의 사료도 좋지만, 우선은 먹고 탈이 없어야 한다. 자연식의 경우에는 위생관리에 신경을 많이 써야 하고 필수 미네랄이나 비타민 등의 균형 잡힌 공급, 그리고 구충에 더욱 철저해야 한다.

사료 등급표는 전문성과 공정성을 갖고 평가할 수 있는 수의사, 영양학자 등이 참여해서 만든 것인지 확인할 필요가 있다. 먹기 전 음식 상태일 때의 영양 성분만을 단순히 분석하는 데 그쳐서는 곤란하고, 그것을 먹였을 때 어떻게 소화·흡수되어 효과가 나타나는지에 대해서도 적절한 평가가 이뤄져야 한다. 똑같은 쇠고기라 하더라도 그것이 어떻게 가공·처리되어 있고, 다른 재료들과 어떻게 밸런스를 이루고 있는지에 따라 동물의 몸 안에서 전혀 다르게 기능한다. 그것이 유기농이냐 아니냐, 부산물이 얼마나 포함되어 있느냐, 보존제나 방부제가 얼마나 처리되어 있느냐 등을 단순하게 산술적으로 점수화할 수 있는 부분은 아니라고 본다. 나쁘다고 알려진 것이 좋고, 좋다고 알려진 것이 사실은 별로 안 좋다는 주장이 아니라, 과도한 평가와 편견에서 벗어날 필요가 있다는 말이다.

간식의 경우에도 많은 논란이 있는 것이 사실이다. 예전 같으면 먹다 남은 뼈다귀 하나를 던져주면 온종일 마당에서 그걸 뜯고 있는 개를 흔히 볼 수 있었다. 당연히 추천하지 않는 모습이다. 고깃집에서 먹다 남은 고기들을 모아 와서 먹이는 것도 썩 좋지 않다. 위험을 초래할 수 있는 날카로운 뼈도 있고, 췌장염을 일으킬 수 있는 지방 덩어리도 많고, 양념에 양파, 마늘 등 반려동물에게 독성을 유발할 수 있는 성분이 들어 있는 경우도 많다. 무엇보다 소금 간이 되어 있어 신장에 심각한 문제를 일으킬 수도 있다.

개발되어 있는 간식이라 할지라도 사료의 4분의 1 이상을 급이하는 것은 좋지 않다고 본다. 이미 사료는 영양 밸런스가 잘 갖춰져 있는 상태다. 사람이 먹는 음식에 비유하자면, 밥과 반찬이 이상적으로 함께 섞여 있는 형태라고 하면 좋을 것이다. 하지만 대부분의 간식은 영양 밸런스가 갖춰져 있지 않고 편중되어 있다. 좋아한다고 혹은 사료를 잘 안 먹는다고 너무 많은 간식을 주는 것은 균형 잡힌 급이가 될 수 없다. 하지만 맛있는 간식을 줄 때 너무나도 좋아하기 때문에 안 주기도 어렵다. 그 모습을 바라보는 것 역시 포기할 수 없는 엄청난 즐거움이다. 개체별로 처리할 수 있는 능력이 다르기 때문에 적절한 선에서 타협점을 찾을 필요가 있다. 사실 우리도 완벽하게 균형 잡힌 최적의 식사를 평생토록 하고 있는 것은 아니지 않은가?

단 하나뿐인 고양이

너는
너무 작고 약했어.

어찌해야 할지
모를 정도로.

너는 아직
내게 낯선
존재였어.

이름은,
뭐라고
붙여줘야 할까.

내 책에 썼던
글 중에서,
'여백'-이는
어떨까.

너는, 그렇게 그냥 아기 고양이가 아닌
세상에서 단 하나뿐인 '여백이'가 되었지.

2장

이해

반려동물과 적「절한」 관계 맺기

1. 그들은 제각기 다르다

공짜는 없다: 책임과 걱정거리들

통계청에 따르면 현재 반려동물을 키우는 사람이 대략 1천만 명에 이르고, 그 수가 매우 빠르게 늘어나는 추세라고 한다(2016년 7월 기준). 개인 삶의 영역이 확대되고 가족의 평균 구성원 수가 줄어들수록 이런 경향은 계속될 가능성이 크다. 우리는 쓸쓸하고, 녀석들은 귀여워서일까? 기본적으로는 그런 이유가 크겠지만 너무나도 다양한 이유로 우리는 그들과 함께 지내게 된다. 어쨌든 따지고 보면 얻는 것이 많아서 하는 결정이다. 하지만 세상에 공짜는 없다. 얻는 것이 있으면 주는 것이 있는 법. 녀석들과 함께 지내기로 한 순간, 참 많은 문제와 걱정거리들이 발생한다.

- 냄새가 너무 많이 나요.
- 너무 짖어대고 야옹거려서 옆집에서 자꾸 뭐라고 해요.
- 이 털들은 도대체 어떻게 하면 좋죠?
- 자꾸 물고 할퀴어서 견딜 수가 없어요.
- 얘는 왜 이렇게 여기저기가 아픈 걸까요?
- 치료비가 너무 비싸요.

보호자들은 위와 같은 문제를 내게 토로할 때가 많다. 하지만 나는 개와 고양이 진료를 주업으로 하는 수의사다. 질병 치료와 예방이 전문이지만, 보호자들이 나에게 하는 질문 중에는 이렇게 질병과 무관해 보이는 내용도 많다. 실제로 수의사보다는 훈련 전문가나 미용 전문가에게 묻거나 스스로 해결해야 하는 문제들도 많이 상담을 한다. 자신의 아들딸이 말이 많다거나 몸을 잘 씻지 않는다거나 말을 잘 안 듣는다고 해서 의사에게 상담을 하진 않는데, 수의사에게는 참 많은 것들을 묻는다. 아마도 반려동물과 함께 지내며 생겨나는 문제들 중 질병과 관련된 것 외에도 수의사가 토털케어를 담당해주길 바라는 면이 많은 듯하다.

사실상 수의사에게 답변의 의무가 없는 물음도 많다. 대개는 반려동물과 관련된 전문가를 주변에서 쉽게 만날 수도 없고, 아직 이쪽 분야가 분화되지 않은 시장이어서 발생하는 과도기적인 현상일 것이다. 그쪽이 내 전문 분야는 아님을 밝히며 보호자들에게 내 경험을 토대로 안내하곤 하지만 미진하게 답변하는 경우도 많다.

사람이 모두 제각각인 것처럼 동물들도 모두 다르다. 쉽게 친해지기도 하지만 아주 새침한 녀석도 많다. 쉴 새 없이 움직이는 녀석도 있지만 온종일 잠만 자는 녀석도 있다. 털이 거의 빠지지 않는 녀석도 있지만 온 집안에 털을 뿜으며 휘젓고 다니는 녀석도 있다. 야생성을 표현하는 정도에서도 크나큰 차이를 보인다. 내 맘에 딱 맞고 내 환경에 맞춤인 반려동물은 없다. 일생토록 그런 사람은 만나기도 힘들고 친구나 가족에게도 그런 기대를 하지 않는데, 하물며 나와 다른 종에게 그렇게 많은 기대를 하는 것은 무리다. 서로의 특성을 고려하며 공존의 방법을 모색하는 것이 현명하다. 공존의 이유와 계기가 각기 다르기 때문에 하나의 정답이 있는 것은 아니다. 하지만 한쪽 입장만을 강요하며 상대가 일방적으로 따라오게 하는 방식으로 관계가 지속되는 한 평화로운 공존은 어렵다.

방광염에 걸린 고양이 '루비'의 스트레스

'루비'라는 터키시앙고라종 고양이를 키우는 보호자가 있었다. 패션 감각이 아주 뛰어나고 청결에 대해 다소 강박적인 증세를 보이는 편이었다. 보호자는 조금의 냄새도 참지 못했고, 털 날리는 것도 아주 싫어해서 일주일에 한 번씩 루비를 집에서 목욕시켰다. 예쁘고 깨끗했지만 루비는 자주 방광염 치료를 받으러 왔다. 다른 요인이 더 있을 수 있겠지만 목욕 횟수를 줄인 후 배뇨 문제가 많이 해결된 것으로 보아 목욕과 깊은 상관관계가 있었다고 본다.

고양이 목욕에 대해서는 찬반양론이 있는 상황인데, 나는 반대하는 편에 서 있는 수의사다. 다소 청결해질 수는 있겠으나, 목욕 후 고양이에게 발생할 수 있는 폐해가 너무 크다. 일반적으로 고양이들은 '그루밍'이라고 불리는 털 고르기를 늘 하고 있어 피부와 모발이 웬만한 사람들보다 더 깨끗하다. 발바닥을 제외하고는 땀샘이 거의 없어 몸이 더러워지는 일이 별로 없고, 혀에 가시 형태의 깔깔한 돌기가 나 있어서 털 고르는 과정에서 웬만한 것들은 다 떨어낸다. 사실 목욕을 통해 털을 깨끗하게 씻긴다고 해도 모래 화장실에 다녀오면 목욕의 효과가 며칠 가지 않는다고 봐야 한다. (항문 근처에서 나는 대부분의 냄새는 항문낭액이 배출되며 나는 냄새인데, 개와 달리 고양이의 경우 마취하지 않고는 완전히 짜내기가 쉽지 않아서 가정에서 일반적인 방식으로 목욕시키면서 해결하기는 힘들다.)

하지만 폐해는 너무나 크다. 목욕 과정에서 이뤄지는 강력한 보정, 오랜 시간 지속되는 샤워기 소리, 샴푸와 헹구기, 그리고 수십 분 지속되는 드라이어 소리 등이 고양이에게는 극도의 스트레스가 된다. 얌전하거나 익숙해진 듯 보이는 고양이조차도 참아주는 것이라고 봐야 한다. 터키시반이라는 고양이 품종을 제외하고는 대개의 고양이는 물을 싫어한다고 알려져 있다. 물에 친숙하다고 하는 경우도 살짝살짝 발로 치는 정도지, 목욕 과정에서 겪는 수준까지는 아니다. 이 과정에서 느끼는 스트레스로 인해 일부 고양이들은 밥을 먹지 않거나 소변을 보지 못하게 된다. 종종 방광염이 발생하기도 한다. 또한 대부분의 고양이들은 이중으로 털이 나 있어서 가정용 드라이어로는 30분 이상 말려도 충분히 건조되지 않는데, 이렇게 되면 자연 건조를 기다려야 하며 피부 질환이 발생하거나 곰팡이나 세균 감염에 취약한 조건이 된다. 고양이 입장에서 목욕은 이점보다는 폐해가 더 큰 행위라고 보아야 한다. 그래서 고양이에게 목욕이나 미용은 오물이 아주 많이 묻었거나, 게을러서 또는 고도비만으로 그루밍이 거의 이뤄지지 않거나, 지나친 장모여서 그루밍에 한계가 있는 경우에 한해서 실시하는 것이 좋다고 본다. 고양이 미용이 필요한 경우 우리 병원에서는 반드시 마취를 하고 실시하는 편인데, 고양이가 느끼는 스트레스를 최소화하고 미용사와 고양이 모두의 안전이 보장되어야 하기 때문이다.

자연적으로 제공되는 것이 아니라, 우리의 결단과 선택에 의해 발생하는 많은 일들에는 책임과 부담이 따른다. 특히 우리가 받는 게 더 많은 입장일 경우에는 더욱 그렇다. 반려동물과 함께 지내는 일 역시 마찬가지다. 어쩔 수 없이 발생하는 부담이라면 최소화할 수 있는 방안을 모색하며 받아들여야 할 것이다. 받기만 하고 부담은 지지 않겠다고 하는 것은 도둑놈 심보다.

2. 위험한 생각들

약간은 먹여도 되겠지?: 안 되는 데는 다 이유가 있다

세상에는 반드시 해야 하는 일도 별로 없지만, 절대 해서는 안 되는 일도 많지 않다. 반려동물 역시 편안한 마음으로 느긋하게 키우면 된다. 하지만 동물병원에만 가면 이거 해야 한다, 저거 하면 안 된다…… 뭐가 그렇게 복잡한지 걱정만 많아진다고 하소연하는 이들이 종종 있다. 조언대로 안 하면 땅이 꺼질 만큼 큰일이 발생하는 절대적인 것들도 간혹 있다. 그러나 대개는 그렇게 하는 것이 바람직하다거나, 반려동물의 삶의 질이 높아지는 것들에 대한 조언이다. 전부 실천할 수는 없겠지만 다음의 내용은 도움이 되는 것들이니 할 수 있는 한 지키는 편이 좋을 것이다.

가장 많이 언급되는 금기 사항은 개, 고양이 들이 먹으면 곤란한 것들에 관한 내용이다. 결론부터 말하자면 양파, 파, 마늘, 포도, 자일리톨, 초콜릿, 커피, 술, 대부분의 견과류, 이스트(빵 반죽), 버섯 등이다. 개체마다 반응의 차이가 분명히 있다. 포도 한 알만 먹고도 쓰러져서 동물병원에 오는가 하면, 포도 두 송이를 먹어도 멀쩡한 경우가 있다. 독성 물질의 처리 능력이 개체별로 상당한 차이가 있기 때문이다.

간과하기 쉬운 경우는 음식에 섞여 들어가거나 변형되어 있을 때다. 대부분의 개는 양파를 그냥 먹지는 않는다. 하지만 동그랑땡이나 전, 짜장면 같은 음식에 섞여 들어가면 보호자도 잊고, 개도 양파의 매운맛을 못 느끼기 때문에 맛있게 먹는다. 그러고는 동물병원에 오게 된다. 포도씨유로 부침개 등을 하는 경우에도 어지간히 민감한 보호자가 아니면 쉽게 잊는 부분이다. 어째서 먹이면 안 되는지는 검색을 통해 확인할 수 있기 때문에 여기서 자세히 언급하지 않으려 한다. 대개 혈액을 파괴하거나, 신장이나 간을 손상시키거나, 혈당 조절을 방해하거나, 신경계 질환을 일으키는 원인이 된다. 목숨이 달려 있는 일이니 가급적 평생 접촉시키지 않기를 권한다.

그런데 이런 독성 물질에 대해서는 많이들 경계하는 데 반해, 되도록 하지 않으면 좋은 것들에 대해서는 긴장하지 않는 경우가 많다. 대표적으로 기름진 고기, 특히 돼지고기를 주는 것과 사과나

감 같은 과일을 주는 것이다. 두 가지 모두 매우 많은 보호자들이 흔히 하는 일이며, 문제를 느끼지 못하고 지나가기도 한다. 하지만 소화하기 힘든 기름진 성분, 특히 삼겹살과 족발 등을 먹고 반려동물이 췌장염 증상을 보이는 경우가 꽤 자주 발생한다. 과일도 문제가 될 수 있는데, 비타민C가 많은 과일은 비뇨기계 쪽에 결석을 잘 생성시킨다. 웬만해서는 주지 않았으면 좋겠다. 반려동물도 힘들고, 치료 비용도 많이 든다. 더 안전하고 맛있는 간식이 많이 있으니 기름진 고기 한 덩이, 달콤한 과일 한 조각 주고 싶은 마음은 자제하는 것이 좋다.

고양이 혼자 끈 달린 장난감을 가지고 놀게 하는 경우도 마찬가지다. 보호자가 철저히 통제하여 실을 씹거나 삼키지 않게 관리하면 문제없다. 하지만 그냥 방치하면 끈이나 실 등의 직물이 종종 고양이의 입에서 위로, 위에서 장으로 끊어지지 않고 줄줄줄 들어가는 경우가 있다. 수의학에서는 그러한 이물질을 선형이물이라고 부른다. 특히 고양이는 혀에 있는 바늘같이 깔깔한 돌기가 목구멍 쪽으로 향해 있기 때문에 이물질을 뱉고 싶어도 뱉지 못하고 계속 삼키기만 하는 매우 위태로운 상황이 발생한다. 장이 찢어지는 일도 많다. 고양이 환자가 많은 내 경우 꽤 자주 하는 수술이다. 혹시 고양이의 평상시 성향이 얌전해 보이더라도 너무 믿지 않길 바란다.

먹고 노는 것에 대한 문제만큼이나, 보호자가 비용을 절약하려다 벌어지는 큰일들도 있다. 자가 치료가 대표적이다. 동물에 관한 법률들이 산업동물을 중심에 두고 마련된 부분이 많은데, 자가 치료도 그중 하나로 보인다. 사람과 달리 동물의 경우, 우리나라는 보호자가 직접 자신이 키우는 동물을 치료해도 위법이 아닌 상황이다. 자기 자식이 맹장염에 걸렸다고 아버지가 자식을 식탁에 누이고 수술을 시도한다거나, 정신 질환이 있는 자식을 고쳐보겠다고 기도하며 머리를 벽에 쾅쾅 부딪치게 한다면, 누가 봐도 있을 수 없는 일이고 정신 나간 짓으로 여겨진다. 하지만 동물에게는 버젓이 그렇게 하는 사람이 있을뿐더러, 해도 처벌받지 않는 어처구니없는 일이 21세기 대한민국에서 벌어지고 있다.

지식도 없고 무섭기도 하니 마취까지는 흔히 하지 않지만, 이부프로펜 계열의 진통제나 아세트아미노펜이 들어 있는 감기약을 먹이는 경우는 매우 흔하다. 사람에게는 아무 문제 없으나, 반려동물들에게는 분해 능력이 없는 약물들이 종종 있다. 그 때문에 무단으로 투약하는 것은 무척 위험한 일이다. 백신 비용을 아끼려고 자가 접종을 하는 경우도 종종 있다. 그 누구도 자기 자식이 홍역이나 볼거리에 안 걸리도록 예방한다고 싸구려 백신을 사서 집에서 맞히지 않는데, 자기 고양이나 강아지에게는 그렇게 하는 사람들이 있다. 성공하는 경우도 있지만 대부분 제대로 접종하지 못해서 항체가 생기지 않거나, 제대로 소독하지 않고 엉뚱한 곳에 주사하여 피하 종괴나 농양을 만들어 온다. 반려동물은 아프고, 보호자는 큰 손해를 보고, 수의사는 짜증이 나는 상황이다. 레트리버 같은 경우는 백신 트러블이 발생한 피부를 건드리면 건드릴수록 점점 더 괴사 부위가 넓어지는 일이 많다. 각 분야에 전문가가 있는 이유가 있다. 동물 치료의 전문가는 수의사라는 점을 잊지 않았으면 좋겠다.

3. 무엇이 바람직한 관계일까?
: 반려동물과 나 사이의 거리

똑똑한 푸들 '크리스탈'

'크리스탈'은 아주 영특한 푸들이었다. 피부와 귀를 포함하여 전반적인 컨디션을 체크하고 목욕, 미용 등의 그루밍 서비스를 받기 위해 매주 동물병원에 오는 강아지였다. 크리스탈은 동물병원을 좋아했다. 동물병원 길 건너에 공원이 있는데, 이미 100미터 이상 떨어진 저 멀리서부터 짖고 난리였다. 모든 병원 스태프들이 크리스탈이 동물병원에 도착하기 몇 분 전부터 그 소리만 듣고도 크리스탈의 위치를 파악할 수 있을 정도였다.

크리스탈은 독특한 목소리만큼이나 행동 또한 대단했다. 보호자가 매일 칫솔질을 해주는데, 칫솔에 치약을 발라 손에 들고 있으면 다가와서 스스로 머리를 움직여 이를 닦을 정도였다. 동물병원에서도 마찬가지였다. 놀라운 일이었다. 푸들이 상당히 똑똑한 품종이긴 하지만, 이 정도의 모습을 보여주는 일은 드물다. 보호자 역시 크리스탈의 이런 모습을 자랑스러워했으나, 억압적인 방식으로 훈련시키는 것 같지는 않았다. 매우 건전한 자세로 크리스탈을 대하는 편이었고, 크리스탈 역시 좀 짖는 것을 빼고는 사람에게 매우 호의적이었으며 큰 스트레스 없는 생활을 하고 있었다.

처음에는 나 역시 크리스탈의 이런 모습이 신기하기도 하고 기특하기도 했다. 그런데 문득 이 아이가 이렇게 되기까지 숱한 반복의 과정이 필요했을 것이라는 생각이 들었다. 크리스탈은 이 정도에 그쳐 보호자와 반려동물 모두 큰 스트레스 없이 지내서 다행이지만, 심한 훈련을 통해 반려동물이 묘기에 가까운 각종 행동을 하거나 보호자의 기벽으로 별별 것을 다 먹는 경우도 종종 보게 된다. 예전에 뒷다리가 아프지도 않은데 뒷다리를 들고 앞다리로만 걷는 강아지를 본 적이 있다. 아마도 보호자의 환호하는 반응에 강화된 행동이었을 것이다. 또 김치나 커피, 심지어 담배 가루를 먹는 강아지도 보았다. 장난삼아 주기 시작했으나, 자주 반복되며 중독된 것으로 보였다. 모두 본성이 왜곡된 부자연스러운 모습이 아닐 수 없다.

현재 우리가 반려동물을 대하는 자세는 통제와 이해 가운데 어느 쪽에 더 기울어져 있을까? 그리고 어떤 모습이 적절한 것일까? 정답은 없다. 과연 내가 상대를 어떻게 생각하고 있는가에 따라 내 자세가 정해지는 것이다. 이용하려는 것인가, 공존하려는 것인가?

한 가지 짚고 넘어가야 할 점은, 내가 상대를 이용할 수 있는 힘이 있다 하더라도 그런 행동이 과연 합당한지 여부이다. 내가 도대체 무슨 근거로 상대를 이용할 수 있는가에 대한 명확한 입장이 요구된다. 비록 아무런 법적·사회적 문제를 일으키지 않더라도, 그들의 본성에 반해 그들을 이용하는 행위는 질적으로 폭력과 차이가 나지 않을 가능성이 크다. 그것은 지난날 우리가 반려동물로 하여금 썰매를 끌게 하고, 양을 지키게 하고, 사냥감을 물어뜯게 하고, 쥐를 잡게 함으로써 경제적 이득을 취했던 행태 또는 놀잇감으로 이용하며 일삼던 학대 행위, 심지어는 실컷 부려먹다가 잡아먹는 행위 등에서 직관적으로 확인되는 폭력과 비슷하다. 그뿐 아니라 나의 외로움과 공허함을 메워주는 역할만을 강요하는 집착적 애정 공세도 사실상 그러한 맥락에서 이해될 수 있다.

우리가 반려동물과 맺는 관계가 과연 바람직한가 하는 문제의 핵심은 그것이 정상적이냐 비정상적이냐의 틀이 아니라, 지배-예속의 관계냐 이해-공존의 관계냐의 측면에서 생각해야 한다. 어떤 아버지가 자기 자식을 '내가 낳았고, 내가 번 돈으로 먹여 살리고 있는 내 새끼를, 내가 내 맘대로 때리고 훈련시켜서 훌륭한 인간으로 만들겠다는데, 당신들이 뭔 참견인가?'라는 식으로 강압적으로 대하면, 법의 처벌을 받거나 여론의 거센 비난을 받게 된다. 정도가 경미하여 남의 이목을 끌지 못한다면, 상처 입은 자녀를 가진 슬픈 부모가 되거나 자녀로부터 상처를 받게 되는 불쌍한 부모가 된다.

그렇다면 어째서 그 고려의 대상이 꼭 인간으로 한정되어야 할까? 생존의 기본 조건을 제공한다고 해서 상대를 함부로 할 수 있는 권한과 자격을 가질 수 없다는 원칙이, 어째서 인간에게만 적용되어야 할까? 당연히 동물에게도 적용되어야 한다. 건전한 상식에 비추어 볼 때, 내가 나의 개, 고양이에게 밥을 주고 쉴 곳을 마련해준다고 해서 그들을 내 맘대로 할 수는 없는 일이다. 법적으로나 도덕적으로나 논리적으로나 직관적으로나 반려동물을 내 맘대로 해도 좋다는 것은 용인될 수 없는 자세다.

반려동물과의 적절한 관계란 정답이 있을 수 없는 문제다. 서로 만나게 된 계기, 서로에 대해서 요구하는 것, 서로에게 갖는 의미, 함께 지내며 쌓이는 친화도, 관계를 변화시키는 수많은 사건들, 서로의 성향 등 숱한 변수가 있기 때문이다. 그 어느 것을 변수로 놓더라도, 각각의 변수에 따라 각양각색의 스펙트럼이 존재한다. '반려동물이 나에게 갖는 의미'라는 변수만 보더라도, 반려동물은

'구박덩이-장식품-과시물-장난감-킬링타임용-보호 대상-친구-동반자-버팀목-성결한 존재'에 이르기까지 그 존재 가치가 각자에게 매우 다양하다.

하지만 반려동물과 관계 맺을 때 가장 기본이 되는 원칙은, 둘의 교집합 영역이 각자의 삶을 위협해서는 안 된다는 것이다. 서로가 공존할 수 있는 기본 원칙을 지켜줘야 한다. 우리가 그들에게 보장해야 하는 첫번째 원칙은 반려동물이 기본적인 본능을 충족할 수 있고, 일정 수준의 삶의 질을 유지할 수 있는 조건을 제공하는 것이다. 구체적으로는 먹이와 생활공간을 마련해주고, 건강하고 활력 있게 살아갈 수 있도록 보살피는 것을 말한다. 다시 말해 반려동물이 스트레스를 적게 느끼며 천수를 누릴 수 있도록 해주는 것이다.

두번째는 보호자인 내가 건강하고 여유 있어야 한다. 그래야 반려동물을 잘 보살피고 그들과 적절한 관계를 맺을 수 있다. 바람직한 관계는 내 삶의 토대가 흔들리지 않는 한도 내에서 자연스런 교감의 완성을 추구하는 방식이어야 하고, 그것은 나 스스로가 건강해야만 가능하다. 반려동물과 함께하는 시간이 부담스럽거나 행복하지 않다면, 자신이 건강하지 않거나 그와 맞지 않는 것은 아닌지 고민해볼 필요가 있다. 그럴 때 다양한 형태의 왜곡된 관계들이 나타나게 된다.

마지막으로 '혹시나 과도한 애정을 베풀어서 반려동물을 불편하게 하는 것은 아닌가?'에 대해 늘 고민해야 한다. 입양 과정에서 얼마나 많은 돈이 들었고, 간식이나 개집이 얼마나 고급이며, 치료 과정에서 자신이 얼마나 많은 희생을 했는지를 떠벌리는 사람들이 있다. 이것은 주변 사람들에게 자신을 과시하려는 행동일 뿐, 반려동물 입장에서 생각하면 적절하게 마음을 쓰고 있는 모습이라고 할 수 없다.

반려동물과의 관계에서 오는 즐거움

여기까지는 기본이고, 사실상 그다음은 선택이다. 반려동물에게 무엇을 더 줄지는 자신이 선택하는 것이고, 그 선택에 따라 관계의 양상이 결정될 것이다. 이런 기본적인 자세를 갖추고 그들을 대할 때, 다른 인간관계에서 발견하기 힘든 특이한 현상이 반려동물과의 관계에서 발생할 수 있다. 놀랍게도 그들이 나를 건강하고 여유롭게 만드는 경우가 아주 많다는 점이다. 우리 삶에서 서로를 쇠락시키고 피폐하게 만드는 관계가 얼마나 많은가? 하지만 대개의 반려동물은 그렇지 않다. 그들과 함께 살아보기 전에는 언뜻 내가 전적으로 그들을 보살피느라 피곤하기만 하고, 그 녀석들은 내게 주는 것 없이 매일 빈둥거리기만 하는 것처럼 보일 수 있다. 하지만 함께 지내다 보면 그리 손해 보는 관계가 아니라는 점을 알게 된다. 내가 그들에게 주는 것보다 그들이 내게 주는 것이 훨씬 많다는 것을 느끼게 되기 때문이다.

상당히 많은 반려동물들이 아주 기본적인 조건만 제공하면 놀라운 관계를 선물로 준다. 내가 노력하지 않아도 그들로 인해 기쁨과 행복이 저절로 생겨날 수 있다. 또한 서로의 관계가 비틀리지 않으며 즐거움, 편안함, 애틋함 등의 긍정적 감정들이 강화된다. 그들이 내 삶에 깊이 들어올수록 나 역시 그들에게 깊이 다가가게 되고, 갈수록 서로를 고양시키게 된다. 이것은 놀라운 선순환 구조다.

이렇게 지속 가능한 방식으로 서로를 고양시킬 수 있는 관계가 우리 삶에서 결코 흔치 않다. 동물병원에서 수의사로 일하며 간혹 보호자들에게 반려동물과 함께하는 것 중 뭐가 제일 좋은지 물으면, 대개는 잠시 고개를 갸우뚱하다가 "음…… 다 좋아요. 그냥 함께 있으면 다 좋습니다"라고 말한다. 반려동물과 안정적인 관계를 맺고 있는 사람들은 대체로 이런 모습이다.

반려동물이 내 삶에 들어오는 순간, 아니 그들과 나의 삶이 만나게 되는 순간, 타자에 대한 경계심이 눈 녹듯 사라지며 한없이 순수하고 평화로운 내 본연의 모습이 나타나게 된다. 그들은 나를 편안한 상태로 데려다 놓으며 내 삶은 충만해진다. 우리는 우선 그 상태를 한없이 즐기면 된다.

하지만 즐거움, 포근함, 기쁨, 안타까움, 애처로움, 온기 나눔 등의 이 모든 기능적 감정들을 넘어서서 그냥 함께 있는 것으로 충분히 좋다면, 이제 경계를 허물고 내게 다가온 그들의 말에도 귀 기울여 볼 때가 된 것이다. 그들이 나를 만나게 되어 어떤 모습으로 살아가고 있는지, 자세히 살피고 넌지시 물어야 한다. 애정 어린 눈빛으로 지긋이 살피고 여유를 가지고 조곤조곤 물으면, 그들은 하나씩 대답해온다. 그러한 과정을 통해 잠자고 있던 내 영혼 한편이 다시 깨어나게 된다.

> 한 동물을 사랑하기 전까지
> 우리 영혼의 일부는 잠든 채로 있다.
> —아나톨 프랑스

4. 나는 어디까지 감당할 수 있을까?

: 건강한 관계에 관한 이야기

동물병원과 사람병원의 차이

사람이든 동물이든 아플 때 병원에서 치료하는 기본 과정은 비슷하다. 질병의 원인을 진단한 후, 선택 가능한 여러 가지 치료 방법 가운데 어느 것을 택할지 장단점을 따져서 결정하면 된다. 예후, 비용, 고통, 스케줄 등이 주요 변수가 된다. 그런데 중요한 차이가 하나 있는데, 아픈 이와 그 치료를 할지 말지를 결정하는 이가 다르다는 점이다. 사람이 아파서 병원에 가면 환자 자신이 치료 여부를 결정한다. (물론 어린아이나 노부모의 경우 결정권자가 다를 수 있지만, 그 경우 역시 결정하는 사람과 환자 간의 심리적 거리감이 거의 없다고 보아야 한다.) 하지만 아픈 동물이 환자인 동물병원에서는 그 아픔과 고통을 해결하기 위한 사안에 결정을 내리는 이는 환자 당사자가 아니라 종이 다른 '보호자'란 이름의 인간이다.

이 점으로 인해 치료 방향에 매우 큰 차이가 나타나게 된다. 보호자와 반려동물이 부모 자식 같은 관계인 경우, 소아과 병원이나 노인 병원에서의 결정권자와 동일한 수준의 고민과 결정이 이뤄진다. 그러나 아직은 반려동물이 소중할지라도, 사람은 사람이고 동물은 동물에 불과하다고 생각하는 사람이 더 많아 보인다. 그래서 대개 감당하고 부담해야 하는 치료의 수준이 사람이 환자인 경우에 비해 현격히 낮은 수준에서 결정되는 것이 일반적이다. 사람과 동물이 아픈 경우 이렇게 다른 방식으로 결정이 이뤄진다. 특히 반려동물과의 관계가 어떻게 형성되었는지에 따라 많은 차이가 발생한다. 보호자가 반려동물에게 느끼는 심리적 거리가 멀수록 최적의 치료법을 선택하지 못하는 경우가 많다. 반려동물의 고통을 경감시키는 것보다 경제적 계산이 앞서게 되기 때문이다.

발이 너무 하얀 길고양이 '별이'

동물병원에서 임상 수의사 생활을 하다 보면 참으로 다양한 사람들을 접하게 된다. 그 가운데 평범한 사람들과는 비교할 수 없을 정도로 마음의 문이 완전히 열린 존경스런 사람들이 있다. 다른 삶의 영역에서는 모르겠으나, 반려동물에 대해서는 정말이지 저렇게 까지 마음을 열고 애틋하게 여기는 것이 가능할까 싶을 정도로 아름다운 수준이다. 당연히 자신이 키우는 개, 고양이에게 국한되지 않고 다른 이들이 데려온 동물이나 길거리를 떠도는 동물들에게도 그 따뜻한 마음씨가 발현된다. 동물들과 스스럼없이 접촉하고 그들의 보호자들과도 허물없이 대화하는 것을 흔히 보게 되는데, 다른 생명체를 바라보고 대하는 측면에서 진화의 정점에 서 있는 이들이라고 할 수 있다.

얼마 전 뒷다리 골절 치료를 마치고 퇴원한 고양이 '별이'의 보호자들도 그런 경우다. 처음에는 자신들이 키우는 '달래'라는 고양이를 데리고 발가락 골절 치료를 받기 위해 우리 병원에 내원했다. 차를 타고 30분 이상 걸리는 다소 먼 동네에서 온 매우 점잖은 사람들이었다. 달래는 치료를 잘 마친 후 백신, 구충 등의 일반적인 예방 진료만을 받고 있는 상태였다. 그러던 어느 날 갑자기 전화가 걸려왔다. 마당에 밥 주는 고양이 가족이 있는데 그 아이들 중 별이라는 녀석이 뒷다리를 못 쓴다는 것이었다.

그들은 곧바로 별이를 동물병원에 데려왔다. 일반인은 구하기 힘든, TNR*을 할 때 사용하는 철제 보정틀에 넣어서 온 것이 다소 놀라웠다. 방사선 촬영을 해보니 별이는 대퇴골, 즉 허벅다리

* **TNR:** Trap-Neuter-Return. 고양이를 포획하여 중성화 수술을 실시한 후 다시 놓아줌으로써 길고양이의 수를 조절하고 질병을 예방하려는 정책이다. 현재 국내 많은 지방자치단체에서 시행하고 있다.

뼈가 심하게 부러져 수술적 교정이 불가피한 상황이었다.

엄밀하게 말하면, 그들에게 별이는 밥을 준 지 몇 달 되지 않은 길고양이에 불과했다. 종종 보긴 하지만 그냥 몇 달 전부터 자기 집 마당에 밥 먹으러 오는 동네 고양이들 중 하나였던 것이다. 그럼에도 그들은 골절 치료를 결정했다. 골절 치료는 동물병원 치료 중에서 가장 비용이 많이 드는 편이다. 막상 손상된 부위를 열어보니 골절이 생각보다 상당히 심하였으나, 나보다 실력 좋은 외과 수의사의 도움으로 수술을 성공적으로 마칠 수 있었다. 보호자의 상황이 일반적인 치료 절차대로 퇴원하여 통원 치료를 할 수 있는 형편이 아니어서, 별이는 두 달이나 입원 생활을 하다가 완쾌되어 퇴원하였다.

이 과정에서 별이 보호자들에게 느낀 놀라운 점들이 몇 가지 있다. 우선은 200만 원가량의 치료 비용이다. 나는 그들의 경제 상황을 전혀 모르지만, 대개의 경우 길고양이에게 그 정도의 비용을 지불하는 것은 보통 일이 아니다. 나 역시 지금보다 가난했던 시절, 복돌이란 강아지가 아파서 다섯 달 치 생활비를 치료비로 쓴 적이 있었지만, 그것은 나와 영혼의 교감을 나눈 내 강아지였기 때문에 가능했다. 어쨌든 내가 놀란 것은 비용이 얼마가 들더라도 치료를 하겠다는 그러한 현실적인 결정이었다.

그다음은 아픈 별이가 비좁고 낯선 병원에서 제대로 먹지 못할까 봐, 아프기 전 그 아이가 가장 좋아하던 음식을 계속 챙겨온

점이다. 나중에는 별이가 병원 스태프들과 친숙해져서 우리가 먹이를 줘도 잘 먹었지만, 처음에는 고통과 경계심에 가득 차서 우리가 주는 것은 거의 먹지 않았다. 그 과정에서 별이 보호자는 먼 거리임에도 자주 병원에 들렀고, 하악 대고 할퀴어 대는 고양이에게 직접 밥을 먹였다. 그런 정성과 자애로운 모습이 참으로 존경스러웠다. 자신들이 키우는 달래를 연필로 스케치하여 만든 엽서에 전해준 감사 편지는 그들이 반려동물을 어떤 마음으로 대하는지 단적으로 보여주는 것이었다.

결정적인 점은 별이의 퇴원 후 그들이 내게 보내온 문자였다. 별이는 안타깝게도 1년 중 가장 추운 1월에 퇴원하게 되었다. 길고양이들은 겨울을 나기 위해서 늦가을부터 털이 빽빽하게 자란다. 별이는 태어나서 처음 맞는 겨울을 무방비로 지낼 형편이었다. 늦가을과 초겨울 시기에 입원해 있었기 때문이다. 그게 걱정이 되었는지 보호자들은 마당의 창고를 비워 별이와 별이의 가족 고양이들에게 쉼터를 마련해주었다. 그런데 별이가 두세 달 만에 만난 자기 가족들과 데면데면하고 창고에서도 너무 추워하는 것 같아 어쩔 수 없이 안으로 데리고 들어왔지만, 집 안에서 키우던 성격 까칠한 달래가 온갖 샘을 내며 스트레스를 받는다고 했다. 좋은 방법이 없을까 고민하던 보호자들은 내게 이런 문자를 보냈다.

그냥 마당에 풀어주질 못하겠어요. 하얀 발이 너무 하얘서 마음이 그래요. 혹시 또 다칠까 봐 그것도 불안해요……

온 마당을 뛰어다니던 길고양이가 병원 입원장에서 두 달을 지냈으니 때 한 점 없이 발이 깨끗했을 것이다. 나는 아주 담담하고도 일반적인 어조로 '다시 적응하는 데 시간이 필요할 것'이라는 식으로 답문을 보냈다. '하얀 발이 너무 하얘서'라는 말은 몇 날 며칠 내 마음에서 떠나지 않았다. 그렇게 표현할 수밖에 없는 그들의 그 애틋한 마음씨가 너무나 절실하게 느껴졌다. 이 일은 당연히 최선을 다해야 하는 또 다른 환자들에게 나도 더욱더 최선을 다하는 계기가 되었다.

할 수 있는 것 이상을 하려는 경우

예전에 수의사가 열 명 가까이 되는 비교적 큰 동물병원에서 근무하던 시절이었다. 어느 비 오는 날, 상당히 특이한 아저씨 한 분이 동물병원을 찾았다. 극단적으로 들릴지 모르겠으나 '그로테스크'라는 단어가 연상되는 사람이었다. 기름지고 헝클어진 머리에 자세는 구부정했다. 눈은 치켜뜨고 말도 불분명하게 했다. 그 아저씨는 치료를 원하는 고양이를 검은색 운동용품 가방에 넣어 왔다. 조금은 긴장된 분위기에서 진료가 시작되었다.

오래전 일이라 고양이의 이름은 잘 기억나지 않는다. 순이인지 순미인지 순자인지, 어쨌든 '순' 자로 시작했던 것 같다. 녀석은 오자마자 나를 사정없이 물어버렸다. 고양이깨나 다뤄봤다고 나름 자부하던 내 입장에서는 모양 빠지는 상황이었다. 그 아저씨는 별 반응이 없었다.

"얘가 좀 무는데……"

'미리 얘기해주시지……' 할퀴는 것에 비해 물리는 것은 꽤 아프다. 낫는 데도 더 오래 걸린다. 더욱이 내 경우는 상처 치유가 남보다 더딘 편이어서 낫는 데 두 달쯤 걸렸던 것 같다. 나는 피를 뚝뚝 흘리면서도 조금도 놀라지 않은 듯 당황하지 않고 나만의 방법으로 소독했다. 아픈 척하는 순간, 뭔가 알 수 없는 긴장 국면에서 밀릴지도 모른다고 본능적으로 느낀 듯하다. 많이 아팠지만 나는 평소 이상으로 표정을 관리했다.

"얘가 밥을 잘 안 먹어요. 언제부터 그런지는 잘 모르겠어요."

고양이는 피골이 상접했고, 신장 질환 환자 특유의 입 냄새가 났다. 만성신장병증 환자의 경우 단백질 분해산물의 처리가 제대로 안 되어, 시큼한 냄새가 나는 경우가 있다.

"댁에서 밥 주시는 것 아니세요?"

"맞는데, 애들이 좀 많아요. 2, 30마리 되는데 정확히 몇 마린지는 잘 모르겠어요. 엊그제부터 얘가 전혀 안 먹고 있길래 여기저기 동물병원 알아보다가 찾아왔어요. 잘 보신다고 하길래."

검사 결과, 고양이는 만성신장병증으로 진단되었다. 얘기를 들으니 아저씨는 을지로에서 인쇄업계에 종사하는 가난한 노총각이었다. 밥 못 먹는 고양이들이 안타까워 한두 마리 집에 데려다 밥을 주다 보니, 그 아이들 사이에서 새끼가 태어나고, 집을 나가기도 하고, 또 다른 아이가 들어오고, 건물주는 나가라고 하고, 인쇄 일은 잘 안 되고, 또 다른 고양이가 또 아프고……

어쨌든 그 후로도 그 아저씨는 다양한 이름의 고양이들을 데려왔다. 그때마다 고양이 캐리어는 진료실에 던져놓고, 우선 담배나 한 대 피우고 얘기하자고 나를 동물병원 밖으로 끌고 나가서 한 10분씩 신세 한탄을 하곤 했다. 그게 동물병원에 오는 낙인 것 같았다. 처음에는 예의상 맞장구쳐줘야겠다 싶었는데, 어느새 그 아저씨 이야기에 점점 빠져들었다. 재미도 있었고, 실제로 대단해 보이는 점들도 많았다.

보호자에게 환자가 어떤 상황에서 뭘 먹고 어떻게 지내고 있는지, 현재의 증상이 어떤 양상으로 진행되었는지 들어보면 대략 짐작이 가는 질환들이 있고, 몇 가지 필요한 검사를 진행하면 좀더 범위가 좁혀져서 쉽게 진단명이 나올 때도 있다. 간혹 비용이 많이 드는 정밀한 진단 절차가 필요하기도 하다. 그럴 경우 보호자가 당연히 고가의 진료비를 부담하게 되는 상황이 많이 생긴다. 동물병원은 사람을 진료하는 일반 병원과 다르게 의료보험이 되지 않아서 더 비싸게 느껴지기도 한다. 지금은 동물병원 원장이어서 내 권한으로 결정할 수 있는 것들이 많지만, 당시에는 월급 받는 입장의 수의사였기 때문에 자율권이 별로 없었다. 특히 진료비를 내 맘대로 할인해주기가 쉽지 않았다.

몇 마리인지 정확히 알 수 없을 정도로 늘어나 버린 고양이 수, 한 달에 소모되는 사료의 양, 그동안 겪어왔던 수의사들의 상업적 성향, 지속적인 경기 불황과 을지로 인쇄소 거리의 극심한 불황, 결정적으로 자꾸 나가라고 하는 건물주…… 결국 아저씨의 넋두리는 '그래서 나는 돈이 없고, 고양이는 아프고, 그러니 당신은 고양이를 그냥 치료해주는 게 좋겠지?'로 끝이 났다.

다행히 그 아저씨가 데려온 수많은 아픈 고양이들의 병은 큰 비용을 들이지 않고서도 내가 진단할 수 있는 일반적인 질병들이었다. 그래도 가까스로 사료비를 조달하는 그 아저씨의 입장에서는 동물병원 진료비가 상당히 부담되었을 것 같아 언젠가부터 내가 담배를 한 갑씩 사드렸다. 지나치게 많은 비용이 드는 것이 아니라면, 내가 감당할 수 있는 수준에서 치료비도 조금이나마 할인해드렸다.

요즘도 비 오는 날 저녁, 환자가 적을 때면 가끔 그 아저씨 생각이 난다. 불쌍한 고양이를 향한 그 아저씨의 애틋함은 조금도 의심되지 않는다. 하지만 뭔가 순조롭지 않았다. 밥은 주지만 자꾸 아픈 고양이들, 건물주와의 관계, 수의사와의 관계, 그리고 인상 쓰며 계속 담배만 찾는 아저씨의 모습. 산뜻하지도 않을뿐더러,

전혀 적절한 관계 방식이 아닌 듯했다. 이것은 측은지심이 자신이 감당할 수 없을 만큼 과도하게 발현된 상황이다. 결국 다른 사람에게 자신의 신념을 강요하는 모습도 나타나게 되었다.

고양이들도 쾌적하지 않고 보호자도 삶이 피폐해지고 있으며 주위 사람도 불편함을 느낄 수 있기 때문에, 처음에 그런 방식은 곤란하다고 생각했다. 고양이들이 그 아저씨의 삶을 집어삼킨 게 아닌가 하는 생각이 들기도 했다. 하지만 지금은 그렇게 생각하지 않는다. 그 아저씨의 본심은 '내 삶을 일부 포기하더라도 내 눈앞에서 죽어가는 생명을 도외시할 수는 없다'는 입장이었을 것이다. 측은지심 때문에 내 생활을 포기할 수 있는 마지노선이 나와 달랐을 뿐이다. 길냥이(길고양이)를 구조하고, 유기견을 보호하는 많은 사람들이 이렇게 생각하고 있을 것이다.

별이 보호자와 을지로 아저씨 사이에서

별이를 구조한 달래 보호자들과 을지로 아저씨의 길냥이에 대한 생각과 애정은 크게 다르지 않아 보인다. 하지만 자신의 신념을 남에게 표현하는 방식에는 큰 차이가 있었다. 전자는 자신의 생각을 남에게 강요하지 않으며 관계의 룰을 지켰으나, 한 마리만 살릴 수 있었다. 후자는 자신의 생각을 남들에게 다소 강요하며 일반적인 일 처리 방식을 넘어서는 과도한 요구를 하였지만, 여러 마리를 살릴 수 있었다. 가치의 우선순위, 고통을 감내할 수 있는 한계 등이 사람마다 다르기 때문에 어떤 방식이 옳은 것인지 정답이 있을 수는 없다. 서로를 비난할 필요도 없다. 필요한 것이 있으면 각자의 입장에서 합리적으로 요구하고 호소하면 된다. 그리고 들을 만한 내용, 실천할 만한 사항이 있으면 경청하고 행동하면 된다. 각자 자기가 처한 자리에서, 스스로에게 부끄럽지 않게, 그리고 스스로도 건강한 상태에서 해나가면 된다. 여전히 스스로에게 부끄럽고 건강하지도 않은 걸 보면, 나는 아직 갈 길이 한참 먼 것 같다.

백신과 구충, 꼭 해야 하나요?

단언컨대 대답은 '네.' 도대체 백신과 구충을 왜 안 하려고 하는지 알 수가 없다. 사실 사료보다 더 중요한 것이 백신과 구충일 수 있다. 반려동물을 몇 만 원 안 되는 적은 비용으로 생사를 오가는 엄청난 위험으로부터 벗어나게 하는 방법이니 망설일 이유가 전혀 없는 것이다. 세상에 이렇게 가성비 좋은 리스크 관리 방식이 또 어디에 있을까 싶다.

현재 동물병원에서 간편하게 맞을 수 있는 백신과 구충을 통해 고양이 범백혈구감소증, 개 파보장염, 개 디스템퍼, 심장사상충, 벼룩/진드기/이 등의 외부 기생충, 회충/촌충/편충 등의 내부 기생충 등이 90퍼센트 이상 예방된다. 이 간단한 것을 하지 않아 오랜 시간 정을 나눈 반려동물을 어처구니없이 보내는 모습을 한 달에도 몇 번씩 지켜보는 입장에서는 안타깝기 그지없다. 사람과 마찬가지로 반려동물의 경우에도 백신과 구충을 철저히 한 이후로, 생존율이 어마어마하게 높아졌다. 가끔은 동물병원의 가장 중요한 존재 이유 중 하나가 이런 예방의학적 측면이 아닌가 싶기도 하다. 정확한 백신과 구충 효과를 위해 수의사의 안내에 따라 정확한 횟수, 적절한 간격으로 처치받길 권한다.

중성화 수술, 꼭 해야 하나요?

세상에 꼭 해야 하는 일은 그리 많지 않다. 다만 하는 것이 여러모로 유리하기 때문에 하는 것이다. 중성화 수술은 플러스 요인이 마이너스 요인보다 훨씬 많기 때문에 대부분의 보호자들이 시술을 원하고 있으며, 단적으로 수의사들이 자신의 개, 고양이를 교배시킬 계획이 없는 경우 대부분 시술하고 있다.

플러스 요인이란 질병 예방, 원치 않는 임신 방지, 행동학적 문제 교정이다. 중성화를 하지 않았을 경우에는 자궁축농증, 자궁내막염, 유선종양, 난소종양, 고환암, 전립선암, 전립선염 등의 산과産科 질환이 매우 높은 비율로 발생하는데, 첫 발정 전(대개는 6~8개월령)에 실시하면 대부분의 산과 질환 발생률이 현격히 줄어든다. 또한 원치 않는 임신이 원천적으로 봉쇄되며, 암컷의 경우에는 발정 스트레스가 없어진다. 행동학적으로는 영역 표시나 교미 관련 행동이 매우 많이 줄어들기 때문에 보호자도 부담을 덜 수 있다. 마이너스 요인은 별로 없는데, 간혹 지나치게 얌전해지거나 약간 살이 찔 수 있고, 너무 일찍 할 경우 성장 기간이 다소 길어지는 경향이 있다.

중성화 수술이란 수컷의 경우 고환을 제거하는 것이며, 암컷의 경우 난소와 자궁 조직을 적출하는 것이다. 보호자 중 일부는 내가 이 녀석들의 생식기관을 제거할 권리가 있는가에 대해 심각하게 고민한다. 개인의 가치관과 관련된 부분이며 사실상 수의사와 의논할 문제는 아니다. 수의사에게 정보를 구하며 상담을 요청할 수는 있으나, 해도 되는지 아닌지에 대한 답을 요구하는 것은 무리다. 보호자가 내게 이 문제에 관해 상담을 요청할 때는 우선 앞에서 거론한 플러스 요인과 마이너스 요인을 충분히 설명한 후에 고민할 시간을 갖도록 안내한다. 아울러 하지 않았을 경우에 발생하는 문제들을 충분히 감수할 수 있어야 한다는 점도 함께 안내한다. 중성화를 하지 않았을 때 발생하는 치명적 질환이 너무 많기 때문에, 특별한 경우가 아니라면 권하는 편이다.

동물병원을 찾게 하는 1순위 질병: 피부 질환과 귀 질환

우리 병원에 아파서 데려오는 개나 고양이 셋 중 하나는 피부 질환과 귀 질환 때문이다. 그만큼 압도적으로 많은 것이 피부 질환과 귀 질환이다. 어찌 그리 많은 개, 고양이 들이 가려워하고 긁어대는지 참으로 안타깝다. 대부분은 원인을 잘 찾아내어 해결할 수 있지만, 영 해결책이 서지 않는 경우도 흔하다. 전 세계 수많은 수의사들이 이를 치료하려고 많은 노력을 기울임에도 쉽게 고쳐지지 않는 부분이 많다. 이전보다 한결 진전된 치료법들이 나오고 있긴 하지만, 사람의 경우에도 많은 인력과 돈과 시간을 들여도 쉽게 해결책을 찾지 못하는 알레르기, 아토피 질환이 허다한 상황이니, 빨리 낫지 않는다고 너무 수의사들을 비난하지는 않았으면 좋겠다.

개의 경우, 우리가 알고 있는 개 특유의 곰곰한 냄새는 대개 '말라세지아malassezia'라고 하는 곰팡이 계열의 감염체 아니면 각종 세균류의 감염체에서 비롯한다. 대개 습한 환경에서 잘 증식하는 까닭에 귀나 발가락에 잘 감염된다. 반려동물의 피부 질환으로 동물병원에 드나들어 본 사람들은 '외이도염' '지간염'이란 명칭을 지겹게 들어 보았을 것이다. 귓구멍이나 발가락 사이에 염증이 생긴 것인데, 이 두 질환이 항상 함께 언급되는 이유는 그러한 감염체들이 그곳에서 잘 증식하기도 하고, 녀석들이 발로 귀를 긁고 또 발을 핥고 하면서 감염체가 오가기 때문이다.

알레르기 역시 대표적인 피부 질환이다. 눈 주위, 입 주위, 항문 주위, 겨드랑이, 사타구니 등이 일반적으로 처음 시작되는 곳이다. 역시 끊임없이 긁어댄다. 현재로서는 음식물, 진드기, 각종 화학물질 등이 원인체로 언급되고 있다. 많은 진전이 있었으나 더 많은 연구가 필요한 영역이기도 하다. 진드기, 모낭충을 비롯한 각종 외부 기생충이나 피부사상균 같은 곰팡이도 피부에서 흔히 관찰된다.

그런데 야생의 개과, 고양이과 동물들 혹은 시골 마당에 사는 개, 고양이 들과 도시에서 실내 생활하는 개, 고양이 들에게 나타나는 피부 질환의 양상이 사뭇 다르다는 점은 많은 것을 시사한다. 일조량, 온도, 습도, 활동량, 먹이의 종류라는 주요 변수를 고려할 때, 세 부류에게서 나타나는 피부 질환의 양상은 꽤 다르다. 도시의 실내에서 사람과 함께 살아가는 개, 고양이의 경우, 앞의 두 부류에 비해 노출되는 일조량이 현격히 적고 온도, 습도의 변화 폭이 비교적 적다. 또한 부적절한 방식의 목욕과 귀 세정이 빈번하고 활동량도 지나치게 적고 멸균 배합사료 위주의 급이가 이뤄지고 있다는 특징이 있다. 이 모든 요소가 야생이나 시골에 사는 경우보다 훨씬 심각하고 만성적인 스타일로 피부 질환이 나타나는 것과 관련되어 있다.

다른 모든 질환과 마찬가지로 피부 질환과 귀 질환 역시 초기에 대응하면 쉽게 고칠 수 있으며, 만성으로 발전될 가능성도 적다. 피부와 발, 귀 관리 방법 역시 가까운 동물병원 가운데 믿을 만한 곳을 찾아가 안내를 받을 필요가 있다. 이미 만성적인 상황으로 진행되었다면, 목표가 완전한 치료인지 아니면 삶의 질이 일정 수준 유지되게 증상이 심해지지 않는 선에서 관리하는 것인지 정하고, 현재 상황에서 할 수 있는 최선의 방법을 찾는 것이 중요하다. 우선은 치료가 가능한 경우가 대부분이니 원인을 찾아내어 완치한 후 잘 관리할 수 있도록 최선을 다해야 한다. 효능이 명백히 확인된 보조 식품이나 관리 용품 역시 시중에 많이 나와 있다. 오메가3나 오메가6가 함유된 영양제, 각종 저알레르기 사료, 약용 샴푸와 보습제 들도 있으나, 적용이 불가한 개체도 있으니 반드시 수의사와 상담할 것을 추천한다.

천천히 조금씩

목욕을 시켜주지 않아도,
너에게선 늘 좋은 냄새가 났어.

혼자 신나게 놀다가도,
갑자기 잠이 들곤 했지.

신기하게도 사료를
한 알씩 꺼내 먹더라.

내 온몸과 옷, 물건 들에
네 흔적들이 남고

사료, 모래, 물건,
병원비 등
많은 돈이 필요했어.

너의 습관, 행동,
모든 것들이 이상하고
어려웠어.

너에 대해
공부를 해야 했지.

어떻게 해야
우리가 잘 지낼 수
있는지가 궁금했어.

내가 너를 위해
무엇을 해줄 수 있는지
알고 싶었어.

여백아, 우리 천천히 조금씩,
함께 해나가자. 잘 지내자.

3장

교감

반려동물로 인한 변화들

1. '반려동물을 왜 키우세요?'라고 묻는다면

개와 고양이의 매력

동물병원에 있다 보면 대기실에서 보호자들끼리 화기애애하게 이야기를 나누는 광경을 자주 본다. 상대의 반려동물을 순수하게 귀여워하고, 진심으로 위로하기도 하고, 반려동물과 함께 지내면서 필요한 정보를 나누는 모습이 가장 흔하다. 간혹 처음 만나서 어떻게 저런 이야기까지 편하게 말할 수 있는지 의아할 정도일 때도 있다. 영화나 드라마에서는 반려동물이 젊은 남녀가 만남을 시작하는 데 일조하는 작업의 도구로 등장하곤 하지만, 현실에서는 모르는 사람과도 스스럼없이 대화하는 통로가 되는 것 같다. 이렇게 반려동물이라는 매개를 통해 주변 사람과 자연스러운 관계가 형성되는 것을 흔히 볼 수 있다.

그런데 지하철역 통로에서 어깨를 부딪히면 서로 째려보고, 운전 중에 갑자기 끼어들었다고 서로 눈을 부라리던 사람들이 도대체 어떤 연유로 이렇게 천사같이 따뜻한 마음으로 서로를 대하게 되는 것일까? 어째서 반려동물과 함께 있으면 갑자기 전투 모드가 해제되는 것일까? 반려동물의 어떤 힘, 어떤 매력이 이런 변화를 불러오는 것일까?

개, 고양이와 나란히 누워 있거나 천천히 쓰다듬으며 고요한 분위기 속에 있다 보면, 하루 종일 자신을 둘러싸고 흔들어댔던 온갖 허울과 가식과 세속적 밀당으로부터 벗어난, 거의 완전에 가까운 자유로움을 느낄 때가 있다. 그렇게 오랜 시간을 지내다 보면 저절로 무장 해제가 된다. 진지하고 심각하게 매사에 의미를 추구하고, 몸과 마음이 온통 목적 지향적인 우리 평범한 인간들의 부담을 눈 녹듯 사라지게 해준다. 배곯지 않게 해주고 함께 놀고 뒹굴기만 하면, 대부분의 개들은 마냥 즐거워하는 눈과 입과 꼬리로 우리를 편안하게 한다. 그들과 풀밭, 눈밭을 뛰놀다 보면 세상에 그보다 더 즐거운 일이 몇 안 된다는 것을 새삼 느끼게 된다.

한편 아프지 않은 고양이는 모두 요가의 달인이다. 그 어떤 물체 위에 있더라도 자신을 그 물체에 딱 맞춘 채로 한참을 그대로 있을 수 있다. 간혹 찹쌀떡처럼, 물주머니처럼 흘러넘치듯 떨어져 내리는 모습은 덤으로 제공하는 재미다. 또한 영국 속담에서 말하듯, 고양이 눈 속에는 세상의 모든 것이 담겨 있는 것 같다. 그래서 일까? 그들은 하고 싶은 것이 딱히 아무것도 없는 것처럼 보인다.

나의 세계와 그들의 세계가 만날 때의 기묘한 행복

사격을 할 때는 총이 겨냥한 대로 제대로 나가는지, 그 기능과 상태를 점검하는 과정이 필요하다. 매우 멀리 나가기 때문에 총의 미세한 변화가 목표 지점에서는 큰 차이를 가져올 수 있다. 그래서 몇 차례의 시험 사격을 통해 상하좌우 가능한 범위 내에서 조정을 하는 과정을 갖게 되고, 이것을 총의 '영점 조절'이라고 한다. 아무리 조정해도 뒤틀린 것이 조절되지 않으면 목표를 정조준正照準하는 대신, 틀어진 것을 감안하여 약간 오조준誤照準해서 목표에 명중시키는 방법을 택하기도 한다. 평상시 총의 관리와 사격 전 영점 조절은 사격에서 매우 중요한 일이라고 할 수 있다. 때로 어쩔 수 없는 경우에는 오조준하게 되지만 이것은 임시변통일 뿐이다. 이쪽저쪽 한도 끝도 없는 오조준으로 목표에 명중시킬 수는 없는 일이다. 관리가 안 되어 더 이상 총이라고 할 수 없는 너덜거리는 고물 상태라면, 차라리 돌을 던지는 게 나을 수도 있다.

우리 삶에도 더 이상 약간의 오조준으로는 감당하기 힘든 상황에 부딪힐 때가 있다. 이리 삐끗 저리 삐끗, 이렇게 조절하고 저렇게 조절하면서 가까스로 견뎌왔으나, 어느 순간 내가 너무나 뒤틀려버려 이제 더 이상 그런 식으로는 해결할 수 없게 된 것이다. 그럴 때 소리도 지르고, 싸움도 하고, 친구도 만나고, 술도 먹고, 잠도 자고, 약도 먹고, 상담도 한다. 쓰러지기도 하고, 기도하기도 하고, 한강에 가기도 하지만, 개와 고양이를 만나보는 것도 좋은 일이다. 그들과 함께하며 그들을 바라보고 쓰다듬다 보면, 고달픈 세상살이로 뒤틀린 자신의 몸과 마음이 제자리를 찾아가는 놀라운 경험을 하게 된다. 단순하게는 즐거운 시간을 갖는 데서부터 정서적 불안이 해소되기도 하고, 어떤 경우에는 심장 질환이 호전되기도 한다. 나아가 그들과 삿됨 없이 온 정성을 다해 관계를 맺어나가는 과정을 통해서 자신의 온전한 모습을 회복하는 성스러운 경험을 하게 되기도 한다. 그들은 사기성이 없고 분열적이지 않은 모습을 유지하고 있기 때문이다. 그들 앞에서 우리는 모든 것을 탁 놓아버릴 수 있고, 그 순간 그들은 우리에게 시공을 초월하는 한없는 행복을 준다. 그것은 우리에게 영점 조절의 기회가 된다.

이런 점이 나의 내부에서 열리는 새로운 문이라면, 외부로 연결된 문이 열릴 때도 있다. 간혹 '결국 사는 게 이게 다인 건가, 이게 다라면 너무 허탈한 것이 아닌가?' 하는 생각이 들기도 하는데, 삶의 막다른 골목에서 느끼는 답답함이다. 내가 바라는 것이 좌절되고, 바라던 것을 얻는다손 치더라도 얻고 나서 쳐다보면 또 별로인, 그리고 그런 과정을 반복하다가 삶의 끝을 맞이하게 될 것 같은 암담함이다. 그런데 성취를 위해 달려가는 욕망 중심의 삶에서 벗어나면 다른 세상이 펼쳐질 수 있다는 기대를 이 녀석들이 우리에게 준다. 개, 고양이의 눈빛과 몸짓과 비벼댐은 우리가 가진 이런 비참함의 구조에서 한 줄기 빛이 되기도 한다. 그들의 의도와 무관하게, 그들과 함께하면 긴장이 풀리면서 안온하고 평화로운 세계로 빠져들게 된다. 더 나아가 삶의 중요한 한 축으로서 내 삶을 구성하며, 그 녀석이 없었다면 떠오르지 않았을 중요한 영감을 종종 불러일으키기도 한다. 평생 한 번 있을 만한 중요한 느낌이 그 녀석들로 인해 들기도 하고, 내게 다시 오지 않을 그 어떤 순간을 그 녀석들과 함께 보내도 한다. 우리에게 새로운 문을 열어줄 수 있다는 점이 그들의 매력이다. 하나의 문은 내부에서 열리고, 또 하나의 문은 이렇게 외부로 열린다.

반려동물은 우리에게 특별히 바라는 것이 없어 보인다. 그저 고민과 부담과 시름과 한숨으로부터 벗어나게 해주려고 내 앞에 나타나준 것같이 느껴질 때가 많다. 그들이 내게 행복을 주려고 하는 것도 위로를 하려고 하는 것도 아닌데, 나는 그들에게 위로를 받고 행복을 느낀다. 기묘하기 이를 데 없다. 이제는 만지기만 해도 편안하고 좋은 기분을 느끼게 해주고, 함께 있기만 해도 그곳을 행복한 곳으로 만들어주는 이 녀석들과 만날 시간이다.

2. 말은 통하지 않지만

가출한 딸이 데려온 유기견 '해피'

어느 날 슬픈 표정의 아주머니가 동물병원을 찾아왔다. 애가 괜찮은지 봐달라고 하였다. 피부와 모발 상태가 매우 불량한 몰티즈였다. 딱히 집중적으로 치료해야 할 심각한 질환이 있는 것은 아니었지만, 영양 상태가 좋지 않아 보였다. 가까이서 만지려고 하면 보정하기에 불편할 만큼 짖고 버둥거렸다. 조금 멀리서 바라보면 경계심이 가득하면서도 주눅이 든 모습이었다.

아주머니의 사연은 이랬다. 딸이 중3인데, 학교에서 왕따를 당했다. 딸이 따돌림당하는 상황만으로도 가슴이 찢어지는데, 딸애와 대화하기도 너무 힘이 들었다. 도대체 어디서부터 어떻게 해결해야 할지 힘들어하던 상황에서, 딸애가 가출해버려 여기저기 수소문하던 중에 불쑥 개 한 마리와 함께 귀가했다. 왕따로 고통받던 아이가 가출까지 하자 가슴이 무너지는 것 같았는데, 그 애가 지저분한 개 한 마리를 안고 돌아오자 천만다행이라는 생각이 들면서도 무척 당혹스러웠다. 가출해서 여기저기 떠돌아다니다가 우연히 길거리를 헤매는 개 한 마리를 보고, 딸애는 동병상련의 감정을 느낀 것 같다. 개를 키우는 건 마땅치 않았지만, 살얼음 같은 딸의 감정 때문에 이렇다 저렇다 말을 할 수 없어서, 우선 건강 상태나 확인하고 좀 씻기고 싶어서 데려왔다……

대략 이런 이야기였다. 나는 간단한 검진 후, 짖고 무는 녀석을 우여곡절 끝에 씻기고 기본적인 구충만 하여 돌려보냈다.

아주머니는 대화하기조차 쉽지 않은 딸 하나도 감당이 안 되는데, 느닷없이 유기견까지 떠맡게 되어 무척 난감해했다. 나는 힘들겠지만 전화위복이 될 수도 있는 일이며, 우선은 딸이 소중하게 여기는 개를 홀대하는 것도 문제가 될 수 있다고 오지랖 넓게 얘기했다. 그리고 혹시 그 개가 주인을 잃은 것일 수도 있으니 공식적, 비공식적 경로로 한 달쯤은 알아보고 공고해야 하는 과정을 안내했다.

2~3주 후 백신을 맞히기 위해 모녀가 그 개를 데리고 들어오는데, 녀석의 모습이 너무도 달라져서 전혀 다른 개 같아 보였다. '해피'라고 이름 붙여줬다며 웃는 아주머니 또한 딴사람 같았다.

해피도 다소 부드러워졌고, 아주머니도 한결 너그러워 보였다. 해피와 함께 지내며 딸의 말수가 조금씩 늘고, 학교생활도 조금씩 나아지고 있다고 했다. 딸은 고개를 숙인 채 간간히 불신 어린 투로 사료는 얼마나 줘야 하며, 목욕은 얼마 간격으로 시켜야 하는 것인지, 대체 얘가 왜 자기 손길을 피하는 건지 묻기도 하였다. 나는 급이, 목욕, 터치 방식 등의 기본적인 사항과 함께, 서로를 안심하며 받아들이기까지는 사람에게나 동물에게나 시간이 필요한 것 같으니 서로 인내하며 서서히 다가가는 것이 좋겠다고 설명했다. 그러고는 강아지 간식을 선물로 주며, 물지 않는다면 손바닥에 올려 해피의 입보다 낮은 위치에서 천천히 접근해 먹여보라고 안내했다.

딸은 그다음 날 친구들 몇 명과 함께 시끄럽게 동물병원 문을 열고 들어왔다.

"선생님, 선생님! 어제 선생님이 주신 간식을 손에 올려놓으니까 해피가 천천히 먹더니 내 손을 계속 핥았어요. 간식 또 주고 싶어서 사러 왔어요."

"아이구, 참 잘됐구나. 그런데 간식 그렇게 많이 주면 안 되는데……"

해피의 마음도, 딸의 마음도 많이 열린 것 같았다. 작은 동물병원에 여중생 여러 명이 들어와 깔깔거리며 조잘대어 정신이 없긴 했지만 기분이 좋았다.

해피의 원래 주인은 몇 달이 지나도록 나타나지 않아, 그 아주머니와 딸이 새로운 보호자가 되었다. 그 후로 해피는 점차 체중도 늘고, 가끔 내게도 꼬리를 흔들어주었다. 딸도 이제 더 이상 내게 불신 어린 투로 얘기하지 않는다. 딸의 문제, 해피의 문제가 근본적으로 해결되지는 않았겠지만, 서로에게 필요한 존재가 되어 지내면서 이전과는 확연히 다른 모습으로 살아가는 것처럼 보였다.

말 없는 존재가 주는 위로

누구도 해결해주지 못하는, 결국에는 스스로 해결해야 하는 자신만의 문제들이 있다. 그 누가 이러쿵저러쿵해도 끝내는 자기 힘으로 돌파해야 하는 지점이 있는 것이다. 그런데 일어설 힘조차 없는 채로 그 언저리에 도달하게 되면, 도대체 뭘 어찌할 수 없는 지경이 되어버린다. 더욱이 무언가로부터 내팽개쳐진 상황이라면 숨 쉬기도 힘들다. 그때 누군가가 내 곁에 있으면, 우선 숨을 쉴 수가 있다. 힘들게 내 고통도 털어놓고 간간히 즐거움도 나누다 보면 함께하는 그가 내 문제의 해결책을 주지는 않더라도 다시 일어설 수 있는 버팀목이 된다. 그 역할을 하는 것이 사람일 수도 종교일 수도 있다. 그런데 놀랍게도 개나 고양이가 그 몫을 해내기도 한다. 개, 고양이가 어떤 생각을 하는지는 모르겠으나, 보호자는 그들로부터 그런 힘을 얻기도 한다.

버려짐과 소외는 쓸쓸하고 고통스러운 감정을 남긴다는 점에서는 같다. 그런데 '버려짐'이 원치 않는 피해를 당하는 상황이라면, '소외'는 알 수 없는 분리가 자각되는 경우다. 자세히는 모르겠으나, 왕따는 이 두 가지가 동시에 나타나는 것 같다. 왕따 현상이 생겨난 지가 역사적으로 오래되지는 않았지만, 약자나 소수자가 배제되는 일은 늘 있었다. 강자나 다수가 이런 식으로 자신의 존재 의미를 내세우고 으스대는 경향은, 오랫동안 인류가 보여온 매우 저열한 행태라고 할 수 있다.

해피의 구원자였던 그 딸에게, 해피는 친구이자 동생이었다. 아주머니 말로는 해피가 집에 들어온 이후로 가족끼리 말도 더 많이 하고, 자연스럽게 자신과 딸 사이에도 대화가 늘었다고 했다. 그리고 딸은 학교에서 다소나마 자신에게 호의를 가지고 있던 친구들과 해피 사건을 매개로 이야기를 나눌 수 있었고, 그러면서 조금씩 정상적인 친구 관계를 맺게 되었다고 했다. 아주머니는 골칫덩이인 줄 알았던 해피가 알고 보니 복덩이였다고 동물병원에 올 때마다 이야기한다.

딸은 해피에게 자신을 투사하여, 자신의 외로움과 애처로움을 객관화할 수 있었던 것으로 보인다. 해피를 정성을 다해 보살피면서 마음의 문이 열리고 다른 사람과 교류할 수 있는 작은 힘을 얻을 수 있었던 것 같다. 일방적으로 상대를 이용하거나 보호한 것이 아니라 진정한 모습으로 공존하는 관계였다. 딸은 해피와 함께 하는 생활 속에서 많은 사고의 확장이 일어났다. 다양한 측면에서 삶의 지평이 넓어지며 자신감을 얻게 되었고, 이전에 자신을 옥죄던 사슬을 끊을 수 있었다. 그 모든 과정을 힘들게 돌파해낸 것은 분명 자기 자신이었으나, 그 전환점에 '해피'라는 떠돌이 개 한 마리가 있었던 것이다.

3. 낯설지만 놀라운 기쁨

인간의 분열된 자아

사람과 마찬가지로 개와 고양이에게도 뇌나 척수 질환이 많이 발생하고 말초신경 문제도 적지 않다. 하지만 사람에 비해 정신과 질환은 상대적으로 적은 편이다. 사람은 똑똑하고 동물은 멍청해서 그런 것이 아니라, 사람이 동물에 비해 분열적 성향이 강하기 때문이라고 생각한다. 현대인들이 이전 세대들보다 정신과 질환의 발생률이 더 높은 것은 이전보다 복잡해진 인간관계와 사회적 변화로 인해 스트레스가 증가한 것과 분명 관련 있을 것이다.

하지만 동물보다 인간에게서 정신 질환이 더 많이 발생하는 이유는, 근본적으로 인간의 독특한 사유 방식 때문일지도 모른다.

인간은 단순히 자기 앞에 놓인 것만을 사유의 대상으로 삼는 데 그치지 않고, 그런 관찰과 생각을 하고 있는 자기 자신마저도 대상화하여 사유한다. '메타적인 사고'라고 부를 수도 있는 부분이다. 어쩌면 인간이 이런 방향으로 진화가 이루어졌기 때문에 정신 질환이 많이 발생하는 것일지도 모른다. 사고가 행동과 분리되고, 자신의 행동과 사고마저도 남의 행동과 사고를 대하듯 대상화하며 반성적 사고를 할 수 있게 되면서 인간은 폭발적 효율을 얻었지만, 그것은 필연적으로 자기 분열적 모습을 나타낼 수밖에 없었다. 즉, 괴리와 소외가 불가피했다. 동물은 갈매기 조너선*을 제외하고는 자신의 행동과 분리된, 분열된 자아를 갖는 경우가 거의 없어 보인다. 언제나 몸이 시키는 대로 움직이고, 그것을 얻기 위해 안정되고 익숙한 경로를 따를 뿐이다.

인간이 자아를 분열시켜 이만큼 얻었으면 되었다. 이제 그만 몸도 마음도 편안하게 놔줘야 한다. 인간의 사고 능력을 퇴화시킬 수는 없으니, 이제는 내면에서 흘러나오는 자신의 목소리에 귀 기울여야 한다. 애당초 이런 모습은 자랑할 것도 창피할 것도 없다. 하고 싶은 게 있다면 하고, 없다면 안 하면 그만이다. 없으면서 있는 척하다 보면 그만큼 인생은 허공으로 날아간다. 물론 하고 싶은 게 있을 때는 하고 싶은 대로 하되, 가급적 자신이 감당할 수 있

* **조너선:** 미국 소설가 리처드 바크의 우화소설 『갈매기의 꿈』의 주인공인 갈매기의 이름. 다른 갈매기들과 달리, 먹이 구하기에만 골몰하지 않고, 자유로운 비행을 꿈꾸며 많은 고민과 노력을 한다.

는 방식이어야 한다. 감당할 수 없으면서 하고 싶은 대로 하는 것은 사고를 치는 것에 불과하다. 이렇게 놀다가는 굶어 죽겠다 싶으면 먹을 것을 찾아야 하고, 이렇게는 영 답답해서 못 살겠다 싶으면 숨 쉴 구멍을 찾아야 하며, 이렇게 깐족대다가 한 대 맞겠다 싶으면 입을 다물고 가만히 있어야 하는 것이다. 구조적 시스템이 답답하면 원인을 찾아보고 해결책을 모색해야 하며, 문제가 시스템이 아니고 개인의 의지라고 생각된다면 그렇게 된 연원은 무엇인지 잘 생각해볼 필요가 있다. 그렇게 분열적이지 않은 모습으로 모두가 먹고 싶은 걸 먹고, 자고 싶을 때 자고, 하고 싶은 걸 하는 천국 같은 삶을 살게 되면 좋겠다.

당신이 개, 고양이와 살아야 하는 18가지 이유

놀랍게도 개와 고양이 들은 이미 그렇게 살고 있다. 당신이 개, 고양이와 함께 살게 되면, 인생에 다음과 같은 여러 가지 변화가 나타날 수 있다.

- 귀여운 존재가 당신 주변을 계속 돌아다닌다.
- 울고 웃는 일이 많아진다. 감정 표현에 솔직해진다. 대개는 빙그레 웃는 일이 많아진다.

- 변화무쌍한 교감을 나눌 수 있는 대상이 세상에 있다는 것을 알게 된다.
- '야! 일어나! 밥 먹어!' 이런 식의 짜증 섞인 말보다 '아이구 귀여워'라는 식으로 감탄하는 말을 더 많이 하게 된다.
- 녀석들과 함께하는 순간, 그곳은 일등 안 해도 되고 꼴찌 할 일도 없는 평화로운 공간, 스트레스 없는 곳이 된다. 다만 사이가 틀어지면 스트레스가 아주 많이 늘어나기도 한다.
- 계속 게으름 부리다 보면 한도 끝도 없어지고 끝내는 큰일이 벌어지고 만다는 것을 자주 일깨워준다.
- 인생 전체에서 행복한 시간이 늘어남에 따라 불행하거나 그저 그런 시간이 상대적으로 줄어든다.
- 혼자 있는 외로움에서 벗어나게 해주어 고맙다고 느낄 즈음, 그 녀석들은 혼자 있는 외로움으로 괴로워하지 않는다는 걸 알게 되고, 나 역시 쓸데없이 외로움을 피하지 않게 되면서 숨을 깊이깊이 쉴 수 있게 된다.
- 마치 거울을 보듯, 나와는 다른 개체에게서 자기 자신의 모습을 보게 되는 신비한 경험을 하게 된다.
- 두려움과 불안함이 줄어들면서 위축된 모습 대신 자기 본래의 참모습을 확인하게 된다.
- 그들에게서 몸과 마음이 하나인 모습을 확인함으로써 자신이 얼마나 분열적인 모습으로 살아가고 있는지 알게 된다.

- 너무 깊숙이 감춰져 있던 바람에 자신에게 있는지조차 몰랐던 여러 가지 모습을 확인하게 된다. 그래서 어쩌면 딴사람이 될 수도 있다.
- 인간과 동물이 서로 다른 각도로 접해 있는 것은 아닌가 하는 생각이 들면서 다른 사람이 나에게 관심을 가지고 바라보는 지점이 내가 생각했던 것과 많이 다를 수 있다는 것을 알게 된다.
- 상대방에 대한 공감 능력이 더 커지고 남의 실수에 관대해지기도 한다.
- 남을 배려하는 과정에서 도리어 내가 더 많이 배려받게 되는 이상한 경험을 하게 된다.
- 삶의 방식이 바뀌면서 인생의 폭이 넓어질 수 있다. 삶의 수준이 질적으로 달라진다.
- 고개를 돌려 고양이를 보는 순간, 구질구질한 일상에서 벗어나 완벽한 아름다움과 무한한 평화로움으로 가는 문이 거기에 열려 있음을 볼 수 있다.
- 강아지라는 인생의 동반자가 당신의 삶을 완벽하게 만드는 한 축이 될 수 있다.

4. 무엇이 인간의 품격을 결정할까?

남을 돌아보지 않는 사람들

진료를 하다 보면 다양한 모습의 개와 고양이를 만날 수 있고, 그보다 더 다양한 모습의 보호자들을 보게 된다. 많은 개, 고양이 들이 동물병원에 오면 긴장하고 무서워하며 흥분하지만, 어느 정도 익숙해지거나 애초에 느긋한 성격이라면 자기 페이스를 잃지 않고 편안하게 움직인다. 보호자 역시 자신이 해결하고자 하는 문제가 이 동물병원에서 풀릴지 어떨지 알 수 없고, 더욱이 첫 내원이라면 그 공간과 주변 사람들이 편하지 않을 수 있다. 하지만 몇 차례 경험으로 기본적인 진료 스타일에 익숙해지면서 그 공간을 불편하게 느끼지 않게 되거나, 원래가 스트레스를 덜 받는 성격이라면 여유 있게 시간을 보내는 편이다.

보호자들은 동물병원에서 다른 보호자나 다른 집 반려동물을 대할 때, 대부분은 예의상 혹은 진심으로 '너 참 예쁘구나' '얘 몇 살이에요?'라며 호의적인 모습을 보인다. 하지만 간혹,

- 어머 어머, 얘 왜 이래, 얘 좀 저한테 못 오게 해주세요.
- 동물병원에서 개가 짖고 날뛰는 게 당연하지, 뭘 그런 걸 가지고 호들갑을 떨고 그래요?
- 으악! 전 고양이 무서워요, 너무 싫어요.
- 어우, 얘 왜 이렇게 냄새나? 왜 이렇게 지저분하고 못생겼니?

뭐 이렇게 노골적으로 표현하기도 한다. 알레르기가 있거나 실제로 반려동물이 사나운 편이거나 혹은 어떤 트라우마로 인해 특정 동물에 대한 공포를 갖고 있다면, 동물병원 측에서 별도의 공간으로 안내하는 식의 적절한 조치를 취하는 것이 당연하다. 그러나 자신의 영역 밖의 타자에 대해서 무례하고 배타적인 자세로 대하는 사람들이 있다. 그런 사람들은 아예 다른 사람들이나 다른 동물들이 접근하는 것조차 싫어하기도 하고, 또 어떤 경우는 자신의 반려동물이 멋대로 행동하는 것에 대해 모두가 너그럽게 봐주는 것이 당연하다고 여기기도 한다. 품격이라는 단어가 생각나는 상황이다.

이상적인 모습의 보호자라면, 진료 과정에서도 수의사와 기본적인 신뢰 관계를 유지하며 어떻게든 환자의 현재 상태를 개선하기 위해 함께할 수 있는 부분을 찾으려 노력한다. 환자의 상태와 경과를 있는 그대로 전달하려고 노력하지, 별것 아닌 것처럼 축소하거나 과도하게 부풀려 설명하지 않는다. 진료비를 깎으려고 갖은 방식으로 노력하지도 않고 자신의 애정과 재력을 과시하려고도 하지 않는다. 보호자 입장에서 관찰한 모습을 가감 없이 전달하고 동물 진료의 전문가인 수의사가 주어진 상황에서 최선의 해결책을 찾을 수 있도록 협조하는 태도를 보인다. 이는 자신의 반려동물과 자신이 진료를 의뢰한 수의사 모두를 배려하는 책임 있는 모습이라고 할 수 있다.

내가 집에서 반려동물과 함께 있을 때나 동물병원에서 진료를 할 때 항상 느끼는 점이 있다. 스트레스가 적은 경우, 개나 고양이 들은 각자의 본래 성향과 무관하게, 매우 안정된 모습을 보인다. 사납지 않고 고분고분하다는 의미가 아니다. 자신이 하고자 하는 것을 악착같이 드러내지 않고 부드럽게 표현한다. 생존 본능을 감추지 않으면서도 지나치게 눈치를 보거나 왜곡된 성향을 보이지 않는다. 이 동물이 자신의 뜻대로 안정적으로 살아가고 있는지, 아니면 주위의 눈치를 보느라 많은 것을 억누르며 왜곡된 방식으로 행동하고 있는지 직관적으로 알 수 있다. 다소의 눈치와 오조준은 동물이든 사람이든 모두의 평화를 위해 조금은 필요할 수 있다. 하지만 주된 삶의 궤적을 흩뜨릴 만큼 온통 눈치와 오조준으로 점철되어 있다면 그것은 비틀리고 파괴된 삶이다. 품격과는 정반대에 있다고 할 수 있다.

품격은 존경받는 위인들의 전유물이 아니다. 품격은 누구나 가질 수 있다. 다만 쉽게 얻어지지는 않는다. 위인이라고 해서 특별히 더 갖추기 쉬운 것도 아니다. 그렇다면 무엇이 인간의 품격일까. 여기에 대해 논란이 있을 수 있다. 우선 품격은 옷차림이나 에티켓, 지위나 표정에서 확인되는 것이 아니다. 다른 사람들이 온갖 억지를 부리며 자신의 이익을 탐하려 머리를 들이밀고 갖은 수를 써서 자신의 취향대로 상황을 몰아가려 할 때, 거기에 휩쓸리지 않고 여유를 잃지 않는 데서 확인된다. 결국 품격이란 일반적인 모습과는 질적 차이가 있는, 좋고 멋있고 다소 뛰어나 보이는, 그래서 위엄을 갖추게 된 상태라고 할 수 있다.

품격을 논하는 대상이 물건이라면 엄선된 재료, 제작자의 기술, 제조 과정에서 들인 정성, 세월이나 전통의 함축 등에 좌우되며, 일반적으로는 가격으로 나뉘는 경우가 많다. 하지만 사람이라면 좀 다르다. 자칫 언행이나 예절, 출신이나 교육, 재산이나 권력 등에 의해 나뉘는 계급적인 용어로 오해할 수 있다. 잠깐은 이런 요소들에 의해 그 어떤 품격을 느낄 수는 있으나, 오래가지 않아

무너지고 만다. 많은 사람들이 이견 없이 품격을 가졌다고 느끼는 사람들을 만나기는 쉽지 않지만, 그런 사람들에게서 확인되는 공통적인 모습이 있다. 그것은 바로 다른 사람을 인정하고 배려하는 자세다. 그러면서도 스스로 스트레스를 받지 않는다. 또한 관계의 전후에 앙금이 없다. 결과적으로 외적인 요소에 좌우되어 평가하지 않고, 대상 자체를 있는 그대로 바라보고 교류하며 북돋워주는 모습이다.

정글을 벗어난 자의 우아함

정글에서 동물들이 먹이를 남에게 주는 경우는, 그 대상이 자신의 새끼거나 같은 팀원일 때다. 많은 새들이 자기가 먹은 것을 토해내어 새끼를 먹이고, 무리 지어 사냥하는 늑대 같은 동물들은 동료가 먹이를 뜯어먹을 때 배고픔을 참고 주위를 지켜준다. 하지만 두 경우 모두 배려의 대상이 남이라기보다는 확장된 자신이라고 보는 것이 옳다. 동물의 세계에서 부모 자식도 아니고, 자기 무리도 아닌데, 먹이를 상대에게 양보하는 경우는 찾아보기 어렵다. 남의 생사는 아랑곳하지 않고 대가리 들이밀고 먹이를 물어뜯는 것이 정글의 법칙이다.

생존이 확보되지 않은 이에게 먹을 것 앞에서 머리를 들이밀지 말고 우아함을 지키라고 요구할 수 없다. 자기 자신과 자신을 둘러싼 상황에 대한 믿음이 없는 이에게 남을 믿고, 칼을 휘두르는 대신 부드럽게 행동하라고 요구할 수는 없다. 남에 대한 존중과 배려는 자신의 생존과 주변에 대한 믿음이 최소한의 수준까지는 보장된 후에야 논의될 수 있는 것이다. 상황이 여의치 않은데도 남을 존중하고 배려하는 것은 자신의 이익과 생명을 생각 없이 나눠주는 파괴된 인격이거나, 그것의 소중함과 중대함을 모르는 어린 개체다. 이 두 경우가 아님에도 그런 모습을 보인다면, 그것이야말로 깨달은 자이고, 거듭난 자이고, 보살이다. 그 정도 되면 슈퍼맨, 즉 일반인이 아닌 위인이라고 할 수 있지만 아쉽게도 우리 대부분은 그렇지 못하다. 그러나 슈퍼맨이 아니더라도 희망은 있다. 우리 안에는 최소한의 생존이 보장되고 최소한의 마음의 여유, 주변에 대한 어느 정도의 믿음만 있으면, 내가 아닌 남을 존중하고 배려할 수 있는 힘이 있다. 쉽지는 않겠지만 품격 있는 인간이 될 수 있는 가능성을 갖고 있는 셈이다.

남을 존중해야 하는 이유

오랜 시간 곰곰이 생각해보았지만, 솔직히 말해서 도대체 왜 내가 남을 존중해야 하는지, 꼭 그래야만 하는 근원적 이유를 아직 찾지는 못했다. 법률적 이유는 분명하다. 나의 권리를 보장받기 위해, 법에 규정된 타인의 권리 역시 존중해야 한다. 공리적 이유를 들 수도 있다. 속박과 파괴보다는 자유와 평화가 더 편하고, 갈등과 투쟁보다는 협조와 배려가 더 이익이다. 남을 때리고 남의 것을 빼앗아 욕을 먹기보다는 남을 돕고 살려서 칭찬을 받는 편이 더 기분이 좋을뿐더러, 당장은 내가 남을 배려하는 것이 손해가 될 수 있으나, 내가 지금 남을 배려하지 않는다면 나중에 더 큰 부담이나 손해로 되돌아올 수도 있기 때문이다.

이 외에도 또 다른 이유가 있다. 상대를 존중하고 배려하면 그 반대로 행동했을 때보다 자연스럽고 편안하다. 이것은 이기적 존재/이타적 존재의 문제도, 남을 도와 착한 사람이 되려는 문제도 아니다. 나 아닌 다른 존재를 인정하는 차원의 문제다. 상대방 역시 나만큼 소중하고 가치 있는 존재일지도 모르며, 그렇기 때문에 그 역시 나와 같은 기회를 갖는 것이 옳지 않겠는가 하는 어렴풋한 생각에서 비롯된 것이다.

도대체 왜 그런 것인지는 모르겠다. 수백 수천 년 동안 전해 내려오는 교육의 흔적일 수도 있고, 생물학적으로 인간이 그렇게 디자인된 것일 수도 있다. 하지만 나 아닌 다른 존재 역시 나만큼 소중하고 가치 있다는 생각은, 어쩌면 야만에서 벗어나 다음 단계로 나아가는 진화의 과정에서 나타난, 인간 지평의 확장을 위한 기초일 것이다.

여러 마리의 개, 고양이 들이 갑자기 한 공간에 놓이게 되면 한동안 심하게 싸우는 경우가 많다. 개는 사회적 동물이기 때문에 서열이 정해질 때까지 싸우는 편이며, 고양이는 영역의 동물이기 때문에 자신의 영역을 확보할 때까지 충돌하는 편이다. 하지만 기본적으로 먹이가 안정적으로 확보되지 않으면 아무리 서열과 영역이 확정되어 있어도 계속해서 싸우게 된다. 게다가 지나치게 밀집되어 있는 환경이라거나, 더럽거나 시끄럽거나 혹은 보호자에게 구타를 당하는 상황이라면, 그 녀석들이 안정감 있게 살아가기는 어렵다. 신경이 곤두서고 충돌이 끊이지 않을 것이다. 하지만 적절한 환경과 풍족한 먹이가 공급된다면, 다소 자신과 맞지 않는 상대와 있는 경우에도 대부분 나름의 방식으로 안정을 찾고 평화로운 상태를 유지하게 된다. 반려동물은 이렇게 본성이 충족된 상태에서 심각한 자극을 주지 않는다면, 무언가를 더 가지려 하거나 의도적으로 남을 괴롭히려는 일이 별로 없는 편이다.

'혼돈渾沌'이란 말이 지금은 사태가 뒤죽박죽되어 카오스 상태로 되어버린 부정적인 단어로 쓰이고 있다. 하지만 어원을 거슬러 올라가면 중국 고전 『장자』에서 확인할 수 있듯이, 혼란이 발생하기 전 분화되지 않은 원형적인 모습, 그것을 사람들이 멋대로 구분하고 나누어 생명력을 잃게 되기 이전의 완전한 상태라는 의미다. 결국 저절로 그러한 자연의 모습 그대로 흘러가도록 내버려 둬야 하는데, 인간들이 자신의 이익과 취향을 앞세우는 바람에 자연스러운 흐름이 방해되면서 세상이 파괴되고 품격이 저하된다는 것이다.

물론 개입하지 말고 그대로 두라는 식의 이러한 사상들의 문제는 현재의 선과 악을 있는 그대로 받아들임으로써, 현재의 문제를 해결하지 못하고 묻어버린다는 데 있다. 그러나 이들 사상이 이야기하고자 한 바는 현재의 모습이 이상적이므로 그대로 내버려 두라는 게 아니라, 자신의 이익과 취향에 따라 남과 자신의 주변을 강제하지 말라는 것이다. 즉, 자기 자신을 비롯해 자신을 둘러싼 모든 것들을 함부로 대하거나, 무리하게 개입하는 행동에 대한 경고다. 각각이 가진 내재적 메커니즘을 건드리지 말고, 당신 자신도 애초에 무리하지 않고 흘러가는 대로 갔더라면 현재와 같은 혼란이 야기되지 않았을 것이라는 지적이다. 또한 이제라도 자연의 순리를 따른다면 모든 것이 차차 안정적으로 흘러가지 않겠느냐는 것이다.

모든 사람이 매 순간 우주적 의미를 생각하며 살아갈 수는 없다. 그러니 별 하나의 발견보다 요리 하나의 발명이 사람들에게 더 많은 행복을 줄 수 있다고 말하는 게 아니겠는가? 경쟁자, 이민족, 미래 세대, 다른 종, 나를 둘러싼 모든 환경을 있는 그대로 존중하고 감싸 안는 자세로 살아가는 것은 참으로 어렵다. 이런 이상적이고 도덕적인 이야기들은 요원하고 비현실적으로 들릴 때가 많다. 그게 그렇게 쉬운 것이었다면, 어째서 유사 이래 우리가 그 많은 성인들과 도덕군자들을 우리 무리의 지도자로 삼지 못했겠는가? 어려운 일인 줄은 알지만 사람에 대해서 좀더 알고, 세상에 대해서 좀더 알아갈수록 어떤 방향으로 나아가야 할지에 대해서도 좀더 알게 되지 않을까? 그리고 그런 방향으로 나아갈 때 남 보기에도 멋있고 자신이 느끼기에도 뿌듯한, 조금은 품격을 갖춘 존재가 되어가는 것은 아닐까?

개와 고양이의 차이는 어디서 올까?

개와 고양이는 사실 차이가 조금 있다. 아니, 많이 있다. 크기가 비슷한 경우가 있을 뿐 전혀 다른 성향의 동물이다. 개처럼 부르면 언제나 곧바로 달려오는 존재와, 고양이처럼 온종일 빈둥거리다가 내가 애타든 말든 자기가 오고 싶을 때만 어슬렁어슬렁 다가오는 존재는 분명 다르지 않은가? 자신과 함께해주길 갈구하는 존재와, 쉽사리 뭔가를 기대하거나 안달하지 않는 존재는 확실히 다르다. 부하들은 우두머리를 우러러보고, 우두머리들은 심복을 갖고 싶어 한다. 대체로 인간은 인생의 초창기에는 대부분의 시간을 부하로 살아간다. 그러다가 운이 좋으면 우두머리가 될 수 있는 기회를 갖기도 한다. 이런 운명의 인간에게 개는 우두머리로 살고 싶은 순간의, 그리고 고양이는 부하로 살아가던 시절의 아련한 열망을 부채질한다. 배려와 헌신, 지배와 숭배라는 인간이 가진 이 양가감정을, 개와 고양이는 일상 속에서 질리지 않게 자극하고 있는 것이다.

여기서 신뢰와 예의는 사실상 논외의 주제라고 봐야 한다. 개가 나를 신뢰하기 때문에 다가오고, 고양이가 내게 무례하기 때문에 맘대로 구는 것이 아니다. 그들 나름의 행동 양식에 충실하게 따를 뿐이다. 애초에 개는 무리 지어 생활하는 동물로, 우두머리의 명령에 철저히 복종하고 무리 내의 규율을 엄수함으로써 생존을 보장받을 수 있는 동물이다. 따라서 무리 내의 안정적 질서 유지를 위해 자신의 행동을 조절하는 것은 그들이 예절 바르기 때문이 아니다. 살아남기 위해 요구되는 행동 양식이 우리 눈에 규칙 준수, 예의범절처럼 보이는 것일 뿐이다. 반면에 고양이는 자신의 영역을 확보한 후, 그 안에서 독자적으로 살아가는 동물이다. 간혹 상황에 따라 불가피하게 다른 고양이와 같은 영역 내에서 동거 혹은 균형을 이루기도 한다. 하지만 애초에 주위의 고양이에게 기대할 것도 아쉬워할 것도 없는 녀석들이다. 따라서 지켜야 할 것은 상대에 대한 예의가 아니라 자신의 영역일 뿐이며, 그것을 위해 자신의 영역 밖을 늘 경계하는 것이다. 개가 무리 내 규칙을 지키려 끊임없이 동료들을 살피며 행동을 조절할 때, 고양이는 자신의 영역을 지키려 끊임없이 영역 밖을 살피며 자기 자신에게 집중할 뿐이다.

인간은 기본적으로 무리 지어 생활하는 동물로 오랜 기간 살아왔다. 따라서 고양이보다는 개의 행동 양식에 더욱 친숙하고, 개에게 호감을 갖기 쉬운 생물학적 구조를 갖고 있다고 볼 수 있다. 하지만 집단보다 개인 삶의 영역이 더 많이 확보되고 중시되는 방향으로 문명이 진행될수록, 고양이의 행동 양식도 자연스럽게 받아들여지고, 더욱 사랑받게 될 것이다. 인간으로서는 파괴적이지 않은 한도 내에서, 예의는 개에게 줘버리고 고양이에게서는 빈둥거림을 받아 챙기면 될 것 같다.

수의사의 은밀한 즐거움

수의사는 대부분의 시간을 희로애락의 최첨단에서 보내는 직업이다. 숨이 멎은 환자를 심폐 소생술로 살리기도 하고, 오진으로 환자에게 고통을 주면 자신도 그만큼 고통을 받는다. 십수 년을 보아온 아이가 폐종양으로 힘들게 숨을 쉬다가 내 품에서 죽어가면 그 슬픔이 이루 말할 수 없고, 요도가 막혀 하루 반나절 오줌을 못 싼 고양이가 치료 후 폭포수같이 쉬를 할 때면 그보다 더 뿌듯할 수가 없다.

어느 직업이든 즐거운 일, 슬픈 일이 다 있겠지만, 이렇듯 동물을 치료하는 임상 수의사는 하루에도 몇 번씩 다양한 감정의 변화를 겪게 된다. 꼬맹이 시절부터 10년을 보아온 불치병 환자의 안락사를 실시한 뒤 보호자와 함께 한참을 울고 난 뒤에도 새끼 강아지를 분양받아 온 가족이 기쁨에 들떠 건강검진을 받으러 오면, 감정을 추스르고 또 진료를 봐야 한다.

최근 아기 고양이들의 발랄함을 일깨워주는 진료들이 몰려들었다. 이름부터 하나같이 사랑스럽다. 탄이, 햇님이, 타미, 꽁아, 망고, 카일, 빛나, 수돌이, 미돌이, 제제, 미우, 봉지, 김미남, 빅토리, 하니, 꽁이, 시저, 단테, 묘롱이, 노르. 이제 막 젖을 떼고 유치가 나기 시작한 아기 고양이들은 아무리 미모가 떨어진다고 해도 내 눈에는 아이돌 그룹 멤버들보다 예쁘다. 최소한 6~7개월령까지는 확실히 아이돌 스타들보다 매력적이다. 대부분이 건강검진, 예방접종 등의 이유로 내원하며, 아프지 않은 경우라면 하나같이 귀여움을 팡팡 뿜어내고 있다. 간혹 눈이 아프고, 기침 콧물이 나고, 설사를 하기도 하지만, 심각한 바이러스성 질환이 아닌 한 대개는 금방 치유되는 편이다. 아플 때조차 사랑스럽다. 진료를 하다 보면 그 아이들이 새로운 환경에 적응해 가는 모습, 보호자들이 그 아이들과 나누게 될 숱한 교감들이 상상이 된다.

- 옆으로 통통 뛰는 모습을 보셨을까?
- 아침마다 밥 달라고 몇 시간을 한자리에서 울거나 얼굴을 부벼대진 않을까?
- 출근을 할 수 없을 정도로 옷자락을 물어대는 녀석들은 없을까?
- 눈동자의 오묘한 색을 바라보다가 한 시간, 두 시간이 훌쩍 지나가버린 경험이 있을까?
- 새로 산 니트웨어나, 소파를 너덜거리게 할 놈들도 생길 텐데……

예전에 성악가 조수미 씨의 인터뷰 기사를 본 적이 있다. 자신이 노래를 하지 않았다면 수의사로 살고 싶었다고 했다. 이처럼 어릴 적 꿈이 수의사였다는 사람들을 종종 보게 된다. 처음 만난 사람들도 내가 수의사라는 걸 알고 나면 온갖 이야기를 물어보며 관심을 보이는 경우가 많다. 아마도 심리적으로 완전히 무장 해제된 상태에서 동물과 함께했던 즐거운 기억들이 많아서일 것이다.

나도 열두 살 때 개울에서 홀랑 벗고 물고기를 잡고, 바둑이랑 과수원에서 실컷 뛰어놀았던 것이 인생에서 가장 좋았던 경험 중 하나다. 나이를 막론하고 아무 걱정 없이 동물과 교감을 나누는 것은 분명 즐거운 일이다. 그래서 사람들은 수의사가 그런 즐거운 교감으로 가득 찬 일을 매일같이 하고 있을 것이며, 자신도 그러고 싶다고 생각하는 것 같다.

다른 직업에 비해 분명 그런 면이 많은 것은 부인할 수 없는 사실이다. 그렇다고 다른 직업인들이 겪는 밥벌이의 어려움과 고단함이 수의사에게 없는 것은 아니다. 게임이 좋아 프로게이머가 되었다 하더라도, 집에서 놀면서 재미로 하던 방식으로 게임에 임할 수는 없는 것과 비슷하다. 긴장과 스트레스, 좌절과 답답함이 다른 직업 세계와 똑같이 존재한다. 하지만 아프지 않은 새끼 고양이를 만나며 그가 풍기는 귀여움의 오라aura를 느끼고, 또 다른 즐거운 상상을 할 수 있는 이런 잔잔한 즐거움이 수의사의 세계에 있다.

보지 못하던 애들이 눈을 번쩍 뜨고, 걷지 못하던 애들이 사뿐사뿐 걷게 되는 것을 경험하는 드라마틱한 순간은 분명 커다란 기쁨이다. 또한 병원에 오는 새끼 고양이들을 보며 한동안 잊고 있던 나의 늙은 고양이의 어릴 적 모습들을 다시금 떠올리는 것은, 다른 이들이 쉽게 느낄 수 없는 수의사만의 작은 즐거움이 아닐 수 없다.

고양이의 이상한 행동들

가끔은 고양이의 전형적인 성향을 전혀 모르는 보호자들이 놀라서 달려올 때가 있다.

- 우리 애가 감기에 걸렸는지 계속 골골 소리를 내요. 혹시 엑스레이를 찍어봐야 하나요?
- 애가 가끔 옆으로 통통 뛰어요. 이상한 거 아니죠?
- 창밖을 보고 갑자기 깩깩 소리를 내요. 미친 고양이 같아요.
- 아침에 일어나 보면 제 베개를 쪽쪽 빨고 있어요. 젖을 줘야 하나요?
- 애가 가끔 제 배 위에 올라와서 안마를 꾹꾹 해줘요. 용돈을 줘야 할까 봐요.

모두 실제로 보호자들에게 들은 이야기들이고, 마지막 경우를 제외하고는 자못 심각하게 물었다. 설명하는 내내 미소 짓게 만드는 즐거운 질문들이었다. 위에서 예를 든 각각의 경우는 순서대로 퍼링purring, 사이드 스텝side step, 채터링chattering 혹은 처핑chirping, 울 서킹wool sucking, 캣 니딩cat kneading이라고 불리는 고양이 특유의 행동들이다. 전혀 병적이지 않은 정상적인 모습이니 걱정하지 않아도 된다.

- **퍼링**

고양이를 키우는 사람들이 흔히 '골골댄다' 혹은 '가르릉거린다'고 표현하는 행동이다. 분명 고양이 목 근처에서 '골골골' 하며 나는 소리인데, 아직도 정확히 어떤 메커니즘으로 나는 소리인지는 잘 알려져 있지 않다. 대체로 정서적으로 만족스러운 상태에서 내는 것으로 추정되나, 통증이나 두려움이 있을 때도 유사한 소리를 낸다. 인간이 감지하지 못할 뿐, 경우에 따라 다른 주파수로 표현되고 있을 것 같다. 퍼링에 대해서는 다양한 견해들이 있으나, 그중 가장 그럴듯해 보이는 해석은 '일반적인 소리를 낼 때와는 다른 방식으로 성대를 진동시키는 것이며, 접촉이나 돌봄을 갈구하는 정서 상태에서 내는 소리'라는 설명이다.

- **사이드 스텝**

일부 고양이가 생후 4주 이후 간혹 보여주는 행동이다. 6주 정도 되었을 때는 다섯 마리 중 한 마리 정도에서 관찰된다. 다른 고양이 옆에 서 있다가, 아치 형태로 등을 구부리고 위로 뛰어오르는 행동인데, 앞뒤로 뛰지 않고 옆으로 뛰기 때문에 독특해 보인다. 체중 때문인지, 관절 때문인지, 아니면 굳이 필요치 않아서인지, 성묘가 되어서는 잘 보여주지 않는 편이다.

- **채터링 혹은 처핑**

고양이가 날벌레나 새를 보고 평상시 내지 않던 방식으로 깩깩대며 잡으려는 행동을 보일 때가 있다. 이를 가리키는 말인데, 일반적인 야옹야옹 소리와는 완전히 다른 방식이다. 고양이의 모습과는 어울리지 않는 정말 독특한 소리다. 역시 일부 고양이에게서 관찰되며, 자신이 쉽게 잡을 수 없는 먹잇감을 보고 안달하는 소리로 추정된다.

- **울 서킹**

젖 먹는 시기가 지난 어린아이들이 여전히 손가락이나 손톱을 빠는 것과 유사한 행동이다. 많은 보호자들이 '춥춥이'라고 한다. 다른 포유류와 마찬가지로 고양이 역시 어미의 젖꼭지 주변 부드러운 살과 털이 얼굴이나 입술에 닿으면 자다가도 깨어나 빨아대는 본능적인 행동을 보인다. 간혹 양모나 극세사 같은 부드러운 직물을 마치 어미젖을 빨듯이 집착적으로 빠는 고양이들이 간혹 있다. 성묘가 되어서도 이런 행동이 계속되기도 하는데, 이것을 울 서킹이라고 부른다. 다른 질병으로 인해 이런 모습을 보이는 경우도 있으므로 감별 진단이 필요하며, 해가 없는 경우가 많지만 빨아대는 천이 침에 젖어 자주 세탁해야 하는 번거로움이 생긴다.

• **캣 니딩**

보호자들이 흔히 '꾹꾹이'라고 부르는 이 행동은 어릴 적에 어미젖이 더 잘 나오도록 유선 주위를 앞발로 꾹꾹 누르는 행동을 성묘가 되어서도 보이는 것으로 추정된다. 역시 일부 고양이들에게서 관찰된다. 1~2초 간격으로 앞발로 사람 몸이나 담요 등을 꾹꾹 누른다. 간혹 퍼링이나 울 서킹을 함께하는 경우도 있다. 안마받을 때처럼 시원한 경우도 있으나, 고양이의 발톱이 긴 경우 피부가 손상될 가능성이 있다. 비만인 경우에는 아플 수도 있으나, 많은 사람들이 재미있어 하는 고양이 특유의 행동이다.

조용한 변화

내 방은
늘 조용하고 쓸쓸했지.
나뿐이었어.

이젠,

네가 있어 외롭지 않아.

방이 따뜻해졌어.

4장

매듭

언젠가 이별은 온다

1. 질병은 자연스러운 현상

고통 앞에 의연했던 고양이 '아콘'

너무나도 착해 보이는 '아콘'이라는 여섯 살 샴고양이가 있었다. 발톱도 세우지 않고 물지도 않으며 느긋하기가 이루 말할 수 없을 정도였다. 함께 있으면 자연스레 무장 해제가 되는 그런 스타일의 고양이였다. 늘 밥도 잘 먹고 잘 놀던 녀석이 얼마 전부터 먹는 양이 줄고 그나마 억지로라도 먹이면 받아먹곤 했는데 하루 전부터는 아예 먹지를 않는다며 동물병원에 찾아왔다. 움직임도 줄고, 그루밍도 안 한다고 했다. 고양이 보호자들은 고양이가 웅크리고 앉아 가만히 있는 모습이 식빵의 실루엣과 비슷하다고 해서, '식빵을 굽는다' 혹은 '식빵 자세를 취한다'고 표현하기도 한다. 어쨌든 식욕 부진, 움직임 둔화, 그루밍 감소 등은 아픈 고양이들이 일반적으로 보여주는 모습, 즉 'sick cat signs'라고 부르는 특징들이어서 여러 가지 진단 절차를 밟아야 했다.

아콘은 '만성신장병증CKD'(예전에는 '만성신부전'이라는 용어를 많이 썼으나, 요즘은 좀더 포괄적인 의미로 이 용어를 많이 쓰는 편이다)으로 진단되었다. 신장 조직이 많이 파괴되어 회복 불가능한 정도였고, 유전적으로 신장에 물주머니 같은 혹이 여러 개 있는 다낭성 신장이기도 했다. 또한 신장 기능과 관련된 혈액화학수치 역시 심하게 높았다. 일부는 내가 살아 있는 고양이에게서 처음 보는 수준의 상당히 높은 수치였고, 일부는 우리 동물병원 기계로는 측정이 되지 않을 정도였다. 이러고도 전날까지 조금이라도 먹은 것은 여러 가지 의미에서 놀라운 일이었다.

만성신장병증 환자는 구토, 설사, 식욕 부진, 체중 감소, 통증, 기력 저하 등의 증상을 보인다. 아콘의 경우, 우선 자신의 질병을 감추려는 모습이 놀라운 수준이었다. 또 하나는 먹기 힘들었을 텐데도 보호자가 지극정성으로 먹이니 억지로라도 받아먹은 점이다. 동물이 질병에 걸렸을 때 사람과 조금 다른 측면이 이런 점들이다. 대부분의 아픈 동물들은 자신의 상태를 끝끝내 감추려고 하는 경우가 많다. 어쩔 수 없이 곧바로 드러날 수밖에 없는 상태거나 보호자와의 친밀도가 지나치게 높아 호들갑스러운 수준으로 반응하는 경우도 간혹 있으나, 야성이 살아 있는 대부분의 동물은 자신이 아프다는 것을 숨기려 든다. 야생에서 질병 상태에 놓인다는 것은 경쟁자에게는 약점이 될 수 있고, 포식자에게는 손쉬운 목표가 될 수 있기 때문이다. 이는 수의사가 환자의 상태를 파악하기 어렵게 하는 부분이기도 하다.

아콘이 말기임에도 최근까지 무언가를 먹었다는 점도 사실은 먹어주고 살아준 것이라고 하는 편이 더 적절한 표현일 정도로 놀라운 일이었다. 결국 아콘은 회복되지 못했으나, 마지막까지 보여준 모습도 발랄함이 사라졌을 뿐 의연함이 대단했다. 보호자와 내 마음이 안타깝게 요동쳤지만, 아콘은 이 세상에 올 때처럼 그렇게 고요하게 떠나갔다.

반려동물의 운명은 우리 손에 달려 있다

질병 자체는 좋은 것도 나쁜 것도 아니다. 그로 인해 발생하는 고통과 불편함과 부자유를 부인할 수는 없지만, 그것 역시 삶의 한 과정인 것이다. 사람이나 동물이나, 질병이 삶에 미치는 영향은 마찬가지다. 발생하는 경로나 겪게 되는 고통, 그로 인해 박탈당하는 것들이나 발생하는 비용까지 아주 유사하다. 아콘의 경우처럼 질병의 발생과 진행, 처치와 이별 과정이 이렇게 자연스럽게 진행되는 경우라면, 담담하게 받아들일 수 있다. 하지만 반려동물의 질병은 그들이 야생을 벗어나 인간과 함께 살아가면서 발생하게 된 측면도 있다. 그들은 이미 루비콘 강을 건너버렸다. 그 시작이 어찌되었든, 야생에서와는 달리 더 이상 생존을 위해 먹이를 구하기 위한 노력을 하지 않아도 된다. 눈만 뜨면 먹을 것이 차려져 있지만, 자신의 리듬대로 숲속이나 풀밭을 뛰어다닐 수는 없다. 결국 보호자를 자처하는 사람이 누구냐에 따라 천양지차의 삶이 펼쳐지게 되는 것이다. 그래서 우리에게는 더 막중한 책임이 있다.

2. 갑자기 찾아온 이별

안락사로 떠나보낸 개 '뿌꾸'

우리 집에서 키우던 고양이 '지초'가 새끼를 낳았다. 신비롭기 이를 데 없었다. 아내는 몇 시간째 조마조마해하며 출산 과정을 지켜보았고, 나는 동물병원에서 흥분을 가라앉히며 상황을 시시각각 확인하였다. 세 마리 중 한 마리가 유달리 몸집이 커서 다소 난산 징후가 있었으나 다행히 잘 낳았고, 산모 또한 첫 출산인데도 씩씩하고 의연하게 대처했다. 컴퓨터의 작동보다는 생명체의 본능이 확실히 더 오묘했다. 지초는 다소 앙칼진 구석이 있는 편이었지만, 동거묘들이 자기 새끼들을 지켜보고 냄새를 맡는데도 그다지 저항하거나 거부하지 않았다. 서로서로 거리를 두며 점잖게 굴었다.

다음 날 나는 새끼 고양이들이 걱정스러웠지만, 예매해둔 프로야구 경기를 보러 갔다. 더위에도 불구하고 사람들이 참 많기도 했다. 어제 고양이가 출산할 때는 몇 분마다 내게 전화를 걸며 조바심 냈던 아내도 응원하는 팀 선수가 역전 홈런을 치자 좋아서 어쩔 줄 몰랐다. 나도 손뼉치며 좋아했고, 술 취한 뒷줄 아저씨들도, 악을 쓰며 응원하던 앞줄 꼬마도 펄쩍펄쩍 뛰었다. 야구장에 오기 전에는 나처럼 이 사람들도 다양한 상황에서 다양한 경험을 하고 다양한 감정을 느끼며 지냈을 것이다. 홈런 한 방이 뭐 그리 대단하다고, 그 순간은 그저 함성뿐이었다. 그 이전의 모든 것들이 잊힐 만큼 다들 즐거워했다.

그다음 날에는 교통 체증을 뚫고 출근을 했다. 다양한 질병으로 불편해하는 동물들을 데리고 온 보호자들이 기다리고 있었고, 점심을 먹은 후에는 며칠 전부터 안락사 상담을 했던 '뿌꾸' 보호자를 만나야 했다.

열다섯 살 페키니즈 뿌꾸는 염증이 동반된 유선종양이 점점 커지고 있었다. 종양은 폐까지 전이되었으며, 자궁축농증과 신장 질환도 동반된 상태였다. 그 어떤 수의학적 조치도 정상적인 몸 상태로 돌려놓기는 어려운 상황이었다. 폐종양으로 인해 호흡이 곤란해졌고, 숨 쉴 때마다 꺼억꺼억 소리를 내고 있었기 때문에 그 고통이 매 순간 보호자에게 그대로 전해졌다. 얼마 전 보호자의 아버님이 폐 질환으로 고생하다 떠나신 상황이어서, 뿌꾸의 고통스러워하는 소리는 보호자를 더욱 힘들게 했다. 보호자는 이제 그만 뿌꾸가 더 이상 힘들어하지 않도록 도와주고 싶다고 말했다. 다른 가족들도 모두 동의했다고 했다. 꽤 오래전부터 보아온 녀석이었기에, 보호자가 그런 결정을 하였다는 말을 듣고 그 녀석의 얼굴을 만지고 눈을 바라보니 감정이 북받쳤다. 보호자와 함께 잠시 울었다. 뿌꾸의 질병 상태도 돌이킬 수 없는 지경에 이르렀고, 고통스러워하는 모습 역시 오래전부터 확인된 상황이었다. 보호자 가족 모두가 동의하였고, 주치의인 나 이외의 다른 두 명의 수의사 역시 안락사 실시에 이견이 없었다. 고통을 느낄 수 없도록 깊은 마취에 들어갔고, 심정지를 유도하는 약물이 주사되자마자 뿌꾸는 조용히 숨을 거두었다. 나는 뿌꾸의 몸을 정결하게 하여 보호자에게 인계했다.

갑작스런 죽음 앞에서 허둥대지 않으려면

하루에도 몇 번씩 삶과 죽음, 일과 놀이가 이렇게 다양한 감정을 유발하며, 내 몸과 마음을 떠밀어 가고 있다. 그 어느 것도 거짓이 아니라 진실이며, 가짜가 아니라 진심이다. 환희와 흥분, 피곤함과 괴로움이 매번 조금씩 다르긴 하지만, 그렇게 계속 내 인생이 흘러가고 있다. 죽음은 모든 것을 뒤엎어버릴 만큼 아주아주 강렬하지만,

죽음 역시도 우리가 일상 속에서 흔히 맞닥뜨리게 되는 생의 한 과정임에는 틀림없다. 언젠가 다가올 나의 죽음 역시 내 삶의 최종적인 과정이자 특별할 것 없는 나의 마지막 일상일 뿐이다.

죽음에 대한 논의는 항상 힘들다. 두렵고 꺼림칙한 이야기가 너무 많이 나온다. 논쟁으로 해결될 일도 아니다. 내가 죽음이 일상이라고 하며 이야기를 꺼내는 것은, 거대한 자연의 섭리이므로 그냥 받아들이라는 주장을 하고 싶어서가 아니다. 밥 한 끼 먹는 것과 다를 바 없으니 대수롭지 않게 여기라는 말은 더더욱 아니다. 반려동물이 우리 곁을 떠나가는 삶의 마지막 순간에 대해, 어떤 식으로든 생각하고 준비하고 있을 필요가 있는 현실적인 일이라는 차원에서 그들의 죽음에 대해 생각해보자는 것이다. 해결이 날 리 만무한, 힘들고도 두려운 주제를 도대체 무슨 의도로 다루는 것이냐고 묻는 이가 있다면, 반려동물의 갑작스런 죽음 앞에서 당황하며 허둥지둥하는 것보다는, 반려동물에게나 보호자에게나 가능한 한 침착하고 앙금 없이 그 긴밀한 관계를 마무리하는 것이 낫지 않겠느냐고 말하고 싶다.

간혹 모든 살아 있는 것들에 영혼이 있어 또 다른 차원으로 바뀌어가는 과정이라는 주장은 그렇게 믿는 이들에게는 커다란 위안이 될 것이나, 그것은 내가 알 수 없는 세계이며, 그렇게 생각하지 않는 사람들에게는 무의미하므로 여기에서 언급할 수는 없을 것 같다. 먼 미래에 누군가 죽음에 대해 명쾌하게 설명하여 무리 없이 대처할 수 있도록 해줄 사람이 나타날지는 모르겠다. 하지만 아직 우리에게 죽음은 너무나도 견디기 힘든 과정이다. 또한 힘들어도 어떻게든 견뎌내야만 한다. 그럼에도 대책 없이 맞게 될 때의 고통이 너무 크기에 얇은 완충장치 하나도 매우 절실하다.

3. 이별을 앞둔 이들에게

요동치는 감정

임종이 가까워 오거나 불치병이라는 진단을 받게 되면 부정, 분노, 타협, 우울, 수용의 단계를 거치며 그 사태를 맞게 된다고 한다. 반려동물의 보호자 역시 동일한 순서의 심리적 과정을 밟는 듯 보인다. 일반적으로는 사람에 비해 다소 그 진행 시간이 빠른 것 같기는 하다. 사망 선고나 다름없는 고양이전염성복막염FIP 진단을 받은 '순동이' 보호자도 똑같은 반응을 보였다.

부정 정말이에요? 아니죠, 선생님?
⇩ 진단이 틀릴 수도 있는 거죠?

분노 왜죠? 왜 우리 순동이가 걸린 거죠?
⇩ 내가 뭘 잘못했다고, 왜 우리 순동이가
그 병에 걸리느냐고요!

타협 고칠 방법이 정말 없나요? 순동이가 조금이라도
⇩ 덜 아프고 더 오래 버틸 수 있는 방법이 있나요?

우울 우리 순동이 불쌍해서 어떡해요.
⇩ 저 이제 어떻게 살아요?

수용 제가 이제 어떻게 해야 하는 건가요?

주치의에게 환자의 죽음은 언제나 힘들다. 치료 과정에서 잘못이 있었던 상황이 아니어도, 모든 언행이 매우 조심스럽다. 감정 표현도 괜한 오해를 살 수 있으므로 최대한 자제하는 경우가 많다. 순동이처럼 그나마 두세 달 함께 보낼 수 있는 시간이 남은 경우라면, 나는 보통 보호자에게 "그 시간이 얼마나 될지 알 수 없으나 순간순간을 선물이라고 생각하고 함께하시길 바랍니다"라고 정중하게 말을 건네는 편이다. 하지만 순동이 보호자는 오히려 나에게 한 걸음 더 다가와 주었다.

순동이가 떠나던 순간, 보호자는 엉엉 울고 나서는 내게 말했다. "순동이를 한번 안아주시면 안 돼요? 어릴 때부터 선생님이 돌봐주셨으니까 한번 안아주시면 순동이도 좋아할 거예요." 이런

요구는 처음이었다. 그동안 조용히 손으로 쓰다듬는 수준이었지, 보호자 앞에서 가족인 양 끌어안아 본 적이 없었다. 나는 환자의 죽음 앞에서 괜히 슬픈 척한다고 오해를 살까 싶어 감정 표현을 자제하는 편이었다. 그런데 보호자가 먼저 손 내밀어 '당신도 순동이와 일정 정도 관계를 맺었으니 충분한 표현을 해주면 좋지 않겠느냐'고 말해준 것이었다. 나는 주저없이 숨을 거둔 순동이를 꼭 안아주었다.

함께했기에 고마운 녀석들

죽음은 충격적이고, 슬프고, 눈물이 나고, 아프고, 두렵다. 그러나 회피할 필요는 없다. 회피할 수도 없다. 그동안 사랑했고, 행복했고, 즐거웠던 것처럼 이제는 인정하고 받아들여야 하는 마지막 과정이 온 것이기 때문이다. 반려동물이 고마운 것은, 그 녀석들이 나를 즐겁게 해주어서가 아니라 함께해주었기 때문이다.

인간을 인간으로 대하는 것이 중요하듯, 반려의 존재를 반려의 존재로 대하는 것 역시 중요한 일이다. 그들의 삶이 우리와 유사한 측면이 있고 서로 교감한 부분이 있다면, 삶의 한 과정으로서의 죽음이란 점 역시 똑같다. 그래서 야생동물과 반려동물의 죽음을 대하는 우리의 자세에서 차이가 발생한다. 당사자 동물, 보호자, 보호자의 동료들, 치료했던 수의사…… 모두가 나름의 공감과 입장이 있다. 그리고 그 공감의 정도와 수준은 다르다. 각자의 입장에서 충분한 표현을 하는 것이 솔직한 모습이고 당연한 예의라고 생각한다. 충분히 바라보고, 들어주고, 충분히 안아주고, 함께하는 것이 중요하다. '너에게도 나에게도 참 괜찮은 삶이었다, 고맙다, 행복했다'라고 말해주고, 써서 읽어주고, 기도하고, 충분히 울고, 오래 애도해도 된다. 그런 것만이 관계를 의미 있게 정돈하고 앙금 없이 마무리해나가는 과정이다. 거짓된 위로나 거짓된 행동이 아니라면, 걱정할 것 없이 마음껏 표현해도 된다.

그들이 나와 어떻게 만나게 되었든, 그들과 나는 같은 시간과 공간을 함께했고 같이 추억을 만들었다. 다른 존재와 맺은 것과는 질적으로 다른 그 어떤 특별한 끈으로 연결되어 있었다. 그런데 이제 그 끈이 끊어지려는 참이다. 이것이 처음 본 배추벌레의 죽음과 복돌이의 죽음이 내게 다르게 느껴질 수밖에 없는 이유다. 내가 그와의 만남에서 남다른 의미를 느꼈듯, 그와의 헤어짐에서 느껴야 하는 또 다른 애달픔이 있다. 죽음이 힘든 것은 그러한 관계가 박탈당하는 극단적 상황이기 때문이다.

키우던 반려동물을 떠나보낸 후 '이제 어떻게 하죠? 다시는 반려동물을 못 키울 것 같아요'라고 말하는 보호자들이 많다. 반려동물을 떠나보내고 나서 느끼는 공허감, 허탈감, 상실감, 빈자리는 경험해보지 못한 사람들은 알 수 없을 만큼 너무나 크다. 사람에 따라 다르긴 하지만 한동안 일상생활이 불가능한 경우도 있다. 이럴 때는 주변에서 힘을 줘야 하고 상처 되는 말을 피해야 한다. 그리고 당사자는 충분히 슬픔을 표현하고 충분한 애도 기간을 가져야 한다. 물론 스스로 일상생활을 꿋꿋하게 해나가려는 노력도 중요하다.

'그 아이를 보내고 새 아이를 만나면, 그것이 과연 위로가 될까? 그 아이에 대한 배신은 아닐까?' 반려동물을 떠나보낸 후 새로운 반려동물 입양에 대해 고려할 때 많은 사람들이 하는 생각이다. 하지만 그렇지 않다. 고통의 시간이 다소 희석되며, 시간의 모래밭에서 잊히는 속도와 방식이 다를 뿐이다. 새 아이는 위로의 도구도 아니고, 새 아이의 입양이 배신행위도 아니다. 다소의 성숙과 또 다른 새로운 만남이 이어지는 것일 뿐이다. 그렇게 남은 자의 삶이 이어져가는 것일 뿐이다. 숨이 붙어 있는 한 새로운 시작, 새로운 출발은 늘 일어나기 마련이다.

- 삶에 시작이 있듯 마지막도 있는 법. 죽음을 피할 수는 없어요.
- 죽기 전에 큰 고통 없이 서로 마지막 인사를 나눌 수 있는 시간을 가지세요. 마지막 숨을 보호자 품속에서 거둘 수 있다면 참 좋겠지만, 죽음은 우리 마음대로 할 수 있는 일이 아니에요. 임종을 지키지 못하는 경우가 발생해도 너무 힘들어하지 마세요. 미리미리 충분히 인사하세요. 혹시 삶이 얼마 남지 않았음을 알게 되었다면, 남은 한 순간 한 순간을 선물같이 생각하고 소중하게 보내시길 바랍니다.
- 함께 있어야 하는데 불가능한 사정이 있다면, 반려동물 호스피스 시설이 있으니 도움을 받을 수 있어요.
- 충분히 최선을 다하셨다면 여러분의 반려동물도 당신이 애쓴 것을 다 알 거예요. 많이 쓰다듬어주고 내게 와줘서 고마웠다고 말해주세요. 마음으로 해도 좋고 소리 내어 해도 좋아요. 미안하다는 말은 너무 많이 하지 않아도 됩니다. 그 녀석들도 당신의 사정을 잘 알 거예요.
- 혹시 안락사를 고려해야 할 만큼 반려동물이 고통스러워한다면, 다른 가족들, 담당 수의사와 충분히 논의하세요. 결정은 본인이 하는 것이지만, 결정에 필요한 많은 객관적 조언을 들을 수 있습니다. 안락사를 하기로

했다면, 감정에 휩쓸려 우발적으로 결정한 것도 아니고 멋대로 생명을 박탈한 것도 아닙니다. 고통에서 구해준 것입니다.

- 그 녀석이 떠난 후에 빈자리가 너무나도 크게 느껴질 텐데, 울고 싶으면 울고 조용히 있고 싶으면 그렇게 하세요. 평생 잊지 못하겠지만 감정이 흐르는 대로 충분히 슬퍼해도 됩니다. 다만 일상생활은 씩씩하게 하세요. 그 녀석도 그걸 바랄 거예요.
- 버려야 할 것은 빨리 버리고, 소독해야 할 부분이 있으면 충분히 소독하세요. 그리고 간직해야 할 것이 있으면 잘 간직하세요.
- 비록 그 녀석은 떠나갔지만, 당신이 살아 있는 한 그 녀석과 당신이 함께한 사실은 변함없이 존재합니다.
- 당신이 그 녀석에게 고마워했듯이, 그 녀석도 당신을 만난 걸 참 고마워했을 거예요.
- 다른 녀석을 만나게 될지도 몰라요. 그 아이는 새로운 아이니까 새롭게 관계를 맺으세요.

안락사에 관한 궁금증들

좋은 죽음은 없다. 죽음은 좋지도 않고 나쁘지도 않다. 죽음이 마치 삶에 대응되는 것으로 생각하며 논의하는 경우가 많지만, 죽음의 대척점에 있는 것은 탄생이다. 삶의 처음이 탄생이고, 삶의 마지막이 죽음이다. 탄생도 죽음도 그 자체로는 좋지도 않고 나쁘지도 않다. 가치중립적인 용어인 셈이다. 그러므로 우리말 '안락사'로 번역되는 영어 'euthanasia'의 어원적 의미인 '좋은 죽음good death'이란 자칫 혼동을 일으킬 수 있다. '죽음이 좋다'는 의미라기보다, 삶의 마지막이 당사자는 물론이고 다른 누가 봐도 좋지 않은 고통스러운 상태였는데, 이제 고통이 없어졌다는 것일 뿐이다. 고통스러운 삶을 지속했던 당사자는 이제 고통을 느끼지 않는 상태에 놓이게 된 것이며 안락할 것은 없다. 그저 삶이 끝난 것이다.

안락사의 문제는 인간의 개입으로 그 상태를 강제 종료했다는 데서 발생한다. 개입의 정당성을 어디서도 확보할 수 없는데 개입할 수 있는 힘은 가지고 있고, 개입하면 좋아지는 당사자들이 여럿 있어서 개입의 유혹을 뿌리칠 수 없는 데서 발생한다.

동물의 안락사 역시 근원적으로는 사람의 안락사와 하등 다를 바 없다. 실질적으로는 사람의 안락사 논의의 쟁점들 모두 반려동물의 안락사 과정에서도 논란이 된다. 논란이 되는 포인트는 다음 네 가지로 보인다. 환자의 고통, 보호자의 비용, 서로 간의 관계, 시행의 권리. 사람의 안락사 논의와 비교할 때 고통과 관계라는 부분은 큰 차이가 없으나, 비용이 좀더 강조되고 권리에 대한 법적 제약이 적다는 부분에서 커다란 차이가 있어 보인다. 하지만 현행법상 대부분의 국가에서 동물은 사람이 아닌 사물이며, 권리의 주체가 아닌 재산권의 대상이다. 따라서 보호자는 자기 반려동물의 생사여탈권을 갖고 있으며, 수의사는 수의학적 판단과 개인적 양심에 따라 보호자의 안락사 요구를 받아들일지 말지를 결정한다. 이런 이유로 보호자의 정신적·물질적 비용이 더욱 노골적으로 표현된다. 뿐만 아니라 생명의 박탈이 재산권 포기로 처리될 수 있는 구조이므로, 결단에 이르는 시간이 짧은 경우도 흔하고 고민의 깊이가 얕은 경우도 많다. 반려동물이 아직은 법적 권리의 주체가 아니므로 충분한 법적 보호의 대상이 되지 못하고 있는 실정이다.

사실 동물의 안락사에 관한 각각의 논의들은 지나치게 심대하며, 너무나도 다양한 가치관이 극명하게 충돌하는 부분이다. 생명을 만들지 못하는 존재가 생명을 앗아갈 수 있는 칼을 손에 쥔 순간 발생한 업보다. 이 논의는 결코 공리적 계산 따위의 알량한 방식으로 마무리되지 않을 것이다. 생명의 존엄성이나 자연의 숭고함 같은 신비로운 접근 역시 우리의 무지와 나약함을 위로하는 데 도움은 될지언정, 이런 문제에서는 시간과 감정의 소모를 불러올 뿐이다.

늙은 개는 고통으로 신음하고, 보호자는 탈진해 있으며, 내게는 마취제와 심정지 약물이 있다. 현재로서는 회복할 길이 없고, 이후로 전개될 상황은 고통 속에서 숨 쉬는 것일 뿐 고통에서 벗어날 수 있는 방법이 삶의 중단밖에 없다면, 그리고 매우 부드럽게 그 과정을 유도할 수 있다면 그 선택은 합리적 선택지가 될 수 있지 않을까?

안락사와 관련하여 충분히 입장이 정리되지 않은 상황이지만, 나는 한 달에도 몇 번씩 안락사 요청을 받고 있고, 그중 일부를 받아들이고 있다. 그 과정에서 느끼는 부담과 혼란은 여전하다. 분명한 것과 불분명한 것, 해도 되는 것과 할 수 있는 것, 혹은 할 수 있는 것과 더 해야 하는 것에 대해서 끊임없이 생각한다. 현재로서는 이러한 노력을 하면서 법적 테두리 내에서 고통 경감을 위해 노력할 수밖에 없는 게 아닌가 싶다. 쟁점에 대해 진전이 있으면 차후에 더 정돈된 형태로 논의하기로 하고, 여기서는 안락사 시행 과정에서 많은 보호자들이 흔히 묻는 질문에 대해 간단하게 답하기로 하겠다.

- **안락사는 언제 해야 하나요? 이럴 때 해도 될까요? (조건, 시점, 권리)**

안락사를 요청하는 보호자는 크게 세 부류인 것 같다.

① 키울 만큼 키웠는데 이제 더 이상 이런저런 이유로 데리고 있을 수가 없고, 어디 보낼 데도 없으니 차라리 깨끗이 안락사시켜서 마무리 짓고 싶어요.

이 경우 반려동물의 연령도 다양하고, 질병 유무도 다양하다. 철저하게 보호자 입장에서 결정한 것이고, 안락사 시행으로 안락해지는 것은 보호자밖에 없는 경우다.

② 나이가 충분히 들었고 여기저기 많이 아파 보이는데 더 이상 데리고 있어 봐야 고통스러워할 뿐이고 돈만 들어갈 것 같으니 이쯤에서 보내주는 것이 좋을 것 같아요.

이 경우 대부분 고령이고, 대개는 돌이킬 수 없는 노령성 질환이 있으나 충분한 진단이 이뤄지지 않은 경우가 많다. 반려동물과 보호자 양측을 고려한 결정이라고 보호자 스스로는 생각하고 있다.

③ 호전 가망이 전혀 없는 치명적인 질환임을 진단받았고, 반려동물이 너무나 고통스러워하니 보내주는 것이 좋을 것 같아요.

연령은 다양하나 분명한 진단을 받았고, 돌이킬 수 없는 수준으로 증세가 악화되어 고통스럽게 생명이 연장되고 있을 뿐인 경우다. 대개는 보호자 역시 자연사를 기대하지만, 그때까지 기다리기에는 고통이 지나치게 크게 느껴져서 참다 참다 견디지 못해 안락사를 요청하는 편이다.

사실상 ①과 ②의 경우는 안락사의 고려 대상이 아니며, ③은 안락사의 고려 대상이 된다. 하지만 ②의 경우, 일부는 안락사의 고려 대상이 될 수 있다. 안락사는 돌이킬 수 없는 일이다. 그리고 그것은 누군가의 삶이 완전히 끝나는 데 개입하는 일이다. 따라서 불가피하게 시행될 필요가 있다면 분명한 가이드라인이 있어야 할 텐데, 현실적으로 반려동물 안락사와 관련하여 합의된 가이드라인이 충분하지 않다. 나는 개인적으로 내 주관적 판단과, 사람의 안락사 관련 논의들을 참고하여 다음과 같은 조건일 때 안락사를 시행하고 있다.

- 현재의 수의학적 지식에 근거할 때 환자의 호전 가망성이 전혀 없고,
- 갈수록 고통만 가중될 뿐이고,
- 보호자의 온 가족이 충분한 논의를 통해 모두가 동의했고,
- (가능하면 여러) 수의사가 보기에도 이상의 조건에 부합된다고 판단할 수 있는 상황일 때.

이 중 한 가지라도 해당되지 않는다면 시행하지 않는다. 거절이 어려울 때도 있지만 대개의 보호자는 거절하는 이유에 수긍하는 편이다. 거절보다는 시행이 더 어렵다. 안락사를 많이 시행해보았으나

매번 힘들다. 무슨 말을 해도, 그 누구도 남의 생사여탈을 마음대로 할 권리는 없다. 안락사를 고려할 만한 시점이 있고, 절명의 순간을 당겨주는 것이 더 좋을 것 같다는 직관적 판단이 있을 뿐이다. 단지 고통에서 벗어나게 해준다는 생각에서 시행한다.

수의사가 먼저 안락사를 거론하는 일은 드물다. 대개는 환자의 현재 상태와 앞으로의 예후, 그리고 고통의 정도를 가능한 한 객관적으로 설명해준다. 그리고 유사한 경우에 일반적으로 어떤 식으로 대처하는지, 각각의 경우 고려해야 할 문제들이 무엇인지 설명해준다. 그러고 나서 모든 것을 종합하여 보호자가 안락사를 요청할 때, 그 결정이 적절한지를 고려하여 시행 여부를 결정한다. 많은 지식과 경험과 도덕이 동원되지만, 직관적 판단이 사실상 개입되지 않을 수 없다.

반려동물의 안락사 논의는 나를 위해 남을 죽음으로 밀어 넣기 위한 근거를 찾는 것이 아니라, 죽음에 이르지 못한 자들을 위한 친절한 논의가 되어야 할 것이다. '후회된다' '잘못했다'라는 감정이 남는 안락사라면 시행하면 안 될 것이다. '힘들었지만 다행이다' '그것이 최선책이었다'라는 감정이 남는 안락사여야 할 것이다.

'이 녀석이 현재 많이 고통스러운가요? 지금 보내주는 것이 더 좋지 않을까요?'라는 질문, 아마도 이것은 앞으로도 나를 가장 힘들게 하는 질문일 것이다.

- **고통스럽지 않았으면 좋겠는데…… 안락사는 어떻게 진행되나요? 안락사 과정에서 아파하지는 않나요? (절차, 방식)**

완전한 심마취를 유도한 후 심정지 유도 약물을 정맥 혹은 폐 내로 주사하는 것이 일반적이다. 여기서 일반적인 수술 과정에서 실시되는 수준 혹은 그보다 조금 더 심한 수준의 심마취가 이뤄질 경우, 고통을 거의 느끼지 못한다고 알려져 있다. 경험상으로도 적절한 마취가 이뤄졌다면 통증을 거의 느끼지 못하는 것으로 보인다. 그러고 나서 심정지 유도 약물을 주사하는 것이 원칙이며, 약물의 종류에 따라 약간의 차이는 있으나 적절히 시행될 경우 짧으면 2초, 길면 10초 안에 심정지가 발생한다.

호흡 및 심장이 완전히 정지된 후, 뇌기능이 완전히 상실되는 시간과 과정에 대해서는 다소 논란이 있다. 이런 부분 때문에 개인적으로 심정지 후 10분가량 지켜본 다음 사체 수습을 하는 편이다. 심정지 약물을 충분히 투여한다면 매우 빠른 시간 내에 절명하게 된다. 다시 살아나는 일은 경험하지 못했다. 절명한 이후에 사후 근육 경련이나 배뇨, 배변 등이 발생하는 경우도 있고, 대개 눈을 뜬 채로 숨을 거둔다. 심마취 상태에 있기 때문에 자연사할 때 흔히 보이는 크게 한 숨을 들이쉬는 일은 대체로 발생하지 않는다.

이전에는 다양한 약물이 사용되었고, 그중 일부는 근이완제 계열로 심근마비를 유도하기도 했다. 그러나 심정지에 이르는 데 상당히 긴 시간이 소요되고, 마취가 안 되어 있어 그 시간 동안 고통을 느끼게 되는 비인도적 방식이므로, 현재는 거의 사용되지 않고 있다.

- **제가 안고 있는 채로 안락사 시행이 가능할까요? (마지막 숨, 사후 모습)**

마지막 순간까지 함께하고 싶어 하는 보호자들이 종종 있다. 말 그대로 임종이다. 자연사가 아니므로 더욱이 마지막 숨을 자신의 품속에서 거두기를 바라기도 한다. 그 심정은 충분히 이해가 가지만, 내 경우는 보호자가 굳이 요청한다면 마취하는 과정까지 보호자의 품에서 실시하고, 심정지 유도 약물을 주사하는 과정은 보호자가 목격하는 것을 허용하지 않는 편이다. 왜냐하면 경우에 따라 경련을 일으키기도 하고, 대소변을 보기도 하며, 사람에 따라 다르긴 하겠지만 눈을 뜬 채로 혀가 검게 변하는 과정을 지켜보는 것을 보호자들 대부분이 못 견뎌 하기 때문이다. 하지만 그보다 더 큰 이유는 그 과정을 직접 목격하게 되면, 안락사 시행을 결정하는 과정에서 겪었던 도덕적 부담감이 더욱 증폭될뿐더러, 그 과정이 더욱 강렬하게 각인되어 지나치게 오랜 기간 기억에 남기 때문이다.

- **안락사 이후에 장례 절차는 어떻게 되나요?**

화장이 적절한 방식이다. 공동 화장과 개별 화장이 있다. 공동 화장은 여러 사체를 하나의 소각로에서 화장하는 방식이며, 개별 화장은 하나의 사체를 하나의 소각로에서 화장하는 방식이다. 비용 차이가 서너 배 이상 나며, 공동 화장의 경우는 유골을 받을 수 없다. 대부분 동물병원에 위탁하지만, 개별 화장의 경우 동물병원에 부탁할 수도 있고 개인적으로 동물장례 업체와 접촉하여 진행할 수도 있다. 허가받은 동물화장 업체라면 대부분 위생적인 방식으로 진행된다. 유골을 받아 간직하거나 산골하기도 하며, 단단한 형태로 압축하여 조약돌 형태로 만들어 간직하기도 한다. 간혹 매장 방식을 문의하는 보호자가 있는데, 현행법상 불법이다. 훼손이나 오염 등의 문제도 있으므로 매장 방식은 지양하는 것이 좋다.

조금만 더

너의 심장 소리가
이상하다는 것을 알았을 때,

나는 하늘이 무너지는 것만 같았어.

너의 작은 몸에 바늘이 들어갔고,
매일 약을 먹어야 했어.

하지만 그렇게 해도 결국 네가 죽을 거라는 말에
나는 엉엉 우는 것밖에 할 수가 없었어.

난, 이제

네가 없이는
살 수 없을 것 같은데.

여백아.

제발,

조금만 더
내 곁에 있어줘.

5장

공존

반려동물과 함께 살아가는 사회

1. 동물에 대한 예의

삼겹살만 먹은 개 '동동'

반려동물에게 자연적으로 발생하는 질병은 인간의 경우와 크게 다르지 않기 때문에 여기서 자세히 언급하지 않겠다. 반려동물의 질병과 관련해 주목해야 할 부분은, 인간이 그들과 부적절한 관계를 맺으면서 생겨나는 질병들과 인수공통 전염병처럼 서로에게 감염될 수 있는 질병들이다. 후자의 경우는 다른 곳에서 논의하기로 하고 여기서는 전자의 경우, 즉 인간이 그들에게 부적절한 환경을 제공하고, 과도하게 개입하고, 함부로 대하는 자세 때문에 생겨나는 질병들에 관해 이야기해보려고 한다.

한번은 '동동'이라는 여섯 살 된 개가 식욕과 컨디션이 많이 떨어진 상태로 병원을 찾아왔다. 환자의 상태와 생활에 대해 보호자와 이야기하던 도중 이 아이가 이제껏 삼겹살만 먹고 살아왔다는 것을 알게 되었다. 입이 짧아 이것저것 먹이려 시도하다 그나마 삼겹살을 잘 먹어서 평생 그것만 주었다는 것이다. 보호자가 들인 정성과 비용도 놀라웠다. 하지만 원푸드 다이어트도 아니고 이건 좀 심한 경우였다.

검사 결과, 동동이는 혈액 상태뿐 아니라 간, 신장, 췌장 등 주요 장기가 대부분 기능을 상실한 상태였고, 내원 1주 후 사망하고 말았다. 균형 잡힌 식이가 중요함은 말할 필요도 없지만, 돼지고기는 개, 고양이가 상당히 소화하기 힘들어하는 음식이어서 췌장염을 잘 일으킨다는 사실을 많은 보호자들이 모르고 있는 것 같다. 물론 먹고 나서 별 탈이 없는 경우도 많다. 하지만 입에서는 즐거울지 모르나 속에서는 매우 힘들게 처리하고 있는 것이다. 그래서 돼지고기류의 간식은 일부 소화에 문제가 되지 않는 특정 부위를 제외하고는 반려동물용 간식으로 많이 개발되어 있지 않다. 앞서 지적했듯이 족발이나 삼겹살을 먹을 때 옆에 와서 기다리는 녀석들에게 음식을 주는 일은 안 하는 게 좋다.

동동이의 경우는 다소 극단적인 사례지만, 사람에게는 문제가 없으나 반려동물이 먹었을 때는 문제가 되는 음식들이 많다. 앞서 언급했듯이 초콜릿, 양파, 포도, 자일리톨 등을 제공하여 문제를 일으키는 경우는 비일비재하다. 또한 도시에 사는 반려동물들이 유독 더 많이 걸리는 질환의 대다수는 적절한 식이, 운동, 햇빛, 통풍 등만 조절해줘도 상당 부분 개선된다. 최적의 환경을 제공해 주면 좋겠지만, 나쁜 영향을 주는 일만 하지 않아도 그들은 아프지 않고 오래오래 인간과 행복하게 지낼 수 있다.

인간의 과도한 개입

인간의 과도한 개입이 문제가 되는 대표적인 경우는 약물 남용으로 발생하는 '의인성 쿠싱' 같은 호르몬성 질병이다. 자연 발생적인 쿠싱(부신피질기능항진증) 질환도 있으나, 약물의 부적절한 사용으로 인해 발생했을 때는 '의인성'이라는 말을 붙여서 구별한다.

얼마 전부터 우리 병원에 다니기 시작한 여덟 살 시추 '맹돌이'는 아랫배 쪽에 쌀알같이 오돌토돌한 것들이 많이 돋아나 있었다. 어릴 적부터 귓병과 피부병을 달고 살았고, 약을 매우 자주 먹어온 상태였다. 검사 결과, '쿠싱'이라는 호르몬성 질병이었고, 물도 많이 마시고, 밥도 많이 먹고, 피부도 얇아지고, 배도 볼록한 모습을 하고 있었다.

맹돌이의 경우는 얇아진 피부 아래 칼슘이 침착되어 쌀알처럼 주머니를 형성하고 있었고, 종종 피부가 손상되기도 하는 수준이 되었다. 감염과 관련된 부분은 통제할 수 있게 되었으나, 이미 진행된 호르몬성 질환은 진행을 더디게 하며 조절하는 수밖에 없었다. 이곳저곳 병원을 옮겨 다닐 때마다 스테로이드 계열 약물의 부적절한 사용으로 인해 맴돌이는 질병 상태에 놓인 것이다. 스테로이드는 적절한 용량으로 적절한 기간 동안 원칙에 맞게 줄여가는 방식(테이퍼링)으로 사용하면 아주 좋은 약물이지만, 원칙을 지키지 않고 투약할 경우 많은 부작용을 일으킬 수 있다. 이런 약물들은 여러 종류가 있으므로, 수의사는 적절한 방식으로 치료해야 함은 물론, 보호자에게 분명하게 안내하여 겪지 않아도 될 질병을 유발해서는 안 될 것이다.

학대받는 동물들

사람이 동물을 함부로 대하는 사례를 보면 너무 잔인한 경우가 많아 도대체 어디까지 언급해야 할지 모르겠다. 부부 싸움 도중 남편이 푸들 강아지를 벽에다 던져 머리가 깨지고 신경 증상을 보인 경우, 두 달 된 길고양이를 열 살짜리 아이들이 길거리에서 다리가 부러지도록 때리고 있는 것을 구조한 경우, 긴 꼬치용 대나무로 두 날개와 가슴이 동시에 관통되어 바둥거리고 있는 비둘기를 구조한 경우…… 이 모두가 불과 최근 한 달 사이에 내가 겪은 어처구니없는 일들이다.

나는 늘상 이런 일들을 겪고 있다. 푸들을 던진 아저씨는 내 앞에서 계속 미안하다며 울다가 부인과 싸우기를 반복하고, 고양이를 때리던 아이들은 이를 드러내며 "저희가 때렸어요"라며 구조자를 향해 해맑게 웃었다. 꼬치에 꿰어져 바둥거리던 비둘기는 공원에서 그 모습을 보며 낄낄거리던 사람들 틈을 비집고 들어가 직접 구조해왔다. 인간은 자신보다 약한 존재들에게는 이렇듯 잔인하게 대하는 한편, 강한 존재들 앞에서는 비굴하게 굽신거리며 시달린다. 이렇게 저열하고 뒤틀린 모습이 우리 인간의 민얼굴이다. 이것이 우리가 다른 존재를 대하는 허접한 모습이다.

다행히 푸들은 약을 먹으며 안정을 되찾고 있고, 몸 여기저기가 부러진 아기 고양이는 수술을 잘 이겨낸 덕에 잘 먹고 잘 뛰어다니게 되어 곧 퇴원을 했다. 비둘기는 조심스럽게 꼬치를 제거하고 상처를 소독한 후 어디론가 날아갔다. 모두가 목숨을 구하긴 했으나, 유사한 다른 사건들에서는 눈물 날 정도의 처참함 속에서 생명을 잃는 경우가 더 많다. 그들은 인간으로 인해 자신들이 겪지 않아도 될, 아니 겪어서는 안 될 참혹한 상황에 놓이며 고통에 시달린 것이다.

반려동물들의 경우에는 이처럼 인간과는 다른 이유로 질병이 발생하기도 하고 또 진행되기도 한다. 그러한 차이들을 고려하여 많은 수의사들은 자신이 가진 지식과 경험과 노하우를 총동원해 치료에 임한다. 반려동물에게 인간은 약이 되기도 하고 독이 되기도 하는 것 같다. 인간들 간에도 그렇지만, 동물에게도 예의를 좀 차렸으면 좋겠다.

2. 인간은 왜 동물을 보호해야 할까?

동물이 행복한 나라는 위대하다?

"어떤 나라가 위대한지 별 수 없는지는, 그 나라의 동물들이 어떤 대우를 받는지에 따라 가늠할 수 있다The greatness of a nation can be judged by the way its animals are treated." 마하트마 간디의 잘 알려진 명언이다. 위대한 사상가가 던진 이 말은 많은 사람들의 공감을 불러일으켰으나 그 의미를 정확히 이해하기는 쉽지 않은 듯하다. 대단한 통찰이 담긴 듯하지만, 정작 어째서 그렇다는 건지 잘 와 닿지는 않는다. 한 나라가 위대하다는 것은 그곳 사람들이 다른 나라 사람들보다 여러 방면에서 '낫다' 혹은 '뛰어나다' 정도로 이해해도 될 것 같다. 동물이 좋은 대우를 받는다는 것은 그들이 잘 먹고 잘 살 수 있게, 즉 생존의 기본 요건을 보장받는다는 의미일 것이다. 그런데 동물들이 받는 처우가 좋다고 해서 그것이 어떻게 그 나라 사람들의 위대함을 보증할 수 있을까?

우리 사회에서 상대를 죽일 수도 있고 살릴 수도 있을 만큼 압도적인 힘을 가진 존재가 자신보다 약한 상대를 대하는 모습은 매우 다양하다. 약자에 대한 보호 장치가 필요한 이유가 거기에 있다. 우리가 우리보다 약한 존재를 괴롭히거나 죽이는 대신 배려하고 보호하는 방식을 택했다면, 거기에는 '힘'이라는 원리 이외에 다른 이유가 작동한다고 볼 수 있다.

다시 간디의 이야기로 돌아가면 '약자를 보호하고 배려해야만 하는 절대적 근거는 없지만, 사람 사이의 관계를 힘이라는 하나의 원리로 규정지어서는 곤란하다. 가해 의지, 공격 의지가 없는 약자를 힘이 세다는 이유만으로 마음대로 대하는 것은 옳지 않다, 혹은 업을 짓는 일이다'라는 생각이 그의 머릿속에 있었을 것이다. 설령 간디의 인도 스타일 사유 방식에 동의하지 않는 사람들도 최소한 그런 짓이 저급하고 못된 짓이라는 데는 공감할 것이다.

여기에는 대단히 중요한 의미가 함축되어 있다. 한 사회에서 어떤 권리를 갖는다거나 배려의 대상이 되는 데는, 타고나거나 스스로 선택하지 못하는 것들, 즉 그 사람이 가진 조건이나 외양에서 비롯되는 것이 아니라는 점이다. 단순히 남자이기 때문에, 연장자이기 때문에, 백인이기 때문에, 돈이 많기 때문에, 높은 자리에 있기 때문에, 힘이 세기 때문에, 혹은 내가 좋아하는 것이기 때문에 어떤 일이 편파적으로 결정되는 것은 곤란하다. 다시 말해 성, 나이, 인종, 재산, 권력, 물리력, 개인의 기호 등에 따라 권리와 대우가 달라지는 것은 인류의 오랜 역사를 부정하는 '퇴행'이며 진화의 '역행'이라고 봐야 한다.

'종'의 차이는 사실상 인간 사회의 이러한 차이 모두를 합한 것보다도 훨씬 더 크다. 그럼에도 불구하고 인간과 다른 종, 인간보다 약한 종을 보호하고 배려하는 행동이 어떤 사회에서 나타난다면, 성별이나 인종, 나이와 재산 같은 외적인 모습이나 사회적 지위의 차이에 기반하여 타인에게 행해지는 무분별한 차별이나 배타적 행위는 더욱 줄어들 것이라고 예상할 수 있지 않을까? 따라서 동물이 학대받거나 동물의 생명이 경시되지 않고 좋은 대우를 받는 나라는 그렇지 않은 나라에 비해 위대하다고 볼 수 있다.

간디의 말은 다름에서 오는 차이를 차별로써, 통제되지 않는 물리력으로써 행사하는 것은 야만에서 조금도 진전되지 않은 것이며, 오랜 세월 일구어온 인류의 역사와 문명과 진화의 성취를 송두리째 무너뜨리는 행동이니, 이제 거기서 조금 더 나아져야 하지 않겠느냐는 깊은 탄식으로 들린다. 굳이 역사까지 거슬러 올라가지 않더라도 간디의 이 명언은 우리가 우리 아닌 상대와 어떻게 관계를 맺어야 하는가에 대해 생각할 때마다 곱씹어봐야 할 부분이다.

사실상 거의 매주 한 번은 찾아오는 것 같다. 어느 때는 여학생들이 교복을 입고, 어느 때는 할머니가 폐지 줍다 말고, 어느 때는 정장 차림으로 결혼식에 가다 말고 아픈 길고양이들을 안고 온다. 길에 쓰러져 있었다고, 밥 주던 아이인데 좀 이상하다고, 간혹 데려오지는 않고 사진만 찍어 오기도 한다. 이런저런 이유로 진단 절차를 밟기 어려운 경우가 많다. 제대로 진단이 이뤄지지 않은 채 진료를 하게 되면, 이게 바로 이른바 '돌팔이 수의사'가 되는 것이다. 물론 경험과 촉이라는 것이 있으므로 정밀한 진단 절차를 밟지 않아도 잘 맞아떨어지는 경우도 있으나 참으로 위험천만한 행위다. 그분들의 착한 마음씨도 알고 있고, 그분들의 입장에서 가까운 동물병원 외에 마땅히 갈 데가 없다는 것도 잘 알고 있다. 나로서도 할 수 있는 한도 내에서 어느 정도 처치를 해주긴 하지만 한계가 있을 수밖에 없다. 그럴 때면 그분들은 고마워도 하지만 서운해하기도 한다.

도대체 아픈 길고양이의 치료 과정에서, 누가 얼마만큼 어디까지 부담하는 것이 적절한 것일까? 수의학과 관련된 사회적 사안들 가운데는 한국의 대입제도만큼이나 뭐가 맞는 건지 알 수 없는 것들이 많다. 길고양이의 치료뿐만 아니라 길고양이의 보호나 급식을 둘러싼 주민들 간의 갈등, 유기동물의 관리, 조류인플루엔자

AI나 구제역, 광우병 등에 걸린 산업동물의 살처분 방식, 산업동물들의 사육 방식, 동물원이나 서커스 등에 이용되는 관람/공연과 관련된 동물들의 처우, 실험동물을 다루는 방식, 로드킬 당하는 동물들, 인간에게 터전을 빼앗긴 야생동물 등 많은 사안이 관련자들 간의 갈등으로 인해 좀처럼 해결점을 찾지 못하고 있는 실정이다.

예를 들어 유기된 개나 고양이의 경우, 현재 세 가지 차원에서 대응이 이뤄지고 있다. 첫째 법적인 강제를 통해 의식 개선을 유도하는 것이다. 최근 동물등록법이나 동물보호법 등의 관련법들이 지속적으로 개선되고 있다. 두번째는 정부나 지방자치단체의 노력이다. 유기동물센터의 운영이나 TNR 사업, 성남시의 길고양이 보호 캠페인 같은 홍보 활동 등이 그것이다. 세번째는 동물들의 애처로운 상황을 못 견뎌 하는 개인들의 노력과 희생이다. 길고양이들에게 밥을 주며 돌보는 '캣맘' '캣대디' 같은 이들의 희생이라든가 각종 사설 동물보호단체들의 노력, 관심 있는 일반인들의 정보 전파 등을 예로 들 수 있다. 이 모두가 서로 다른 상황에 있으나 각자의 위치에서 할 수 있는 일들을 하고 있는 것이다. 최선을 다해 최적의 방식으로 하고 있는지는 논의가 필요한 부분이며, 어느 것 한 가지만으로 이 문제를 해결하기에는 부족할지 모르지만, 이러한 노력들이 문제를 해결하는 데 상당한 수준으로 기여하고 있는 소중한 시도들이다.

전쟁은 총만 갖고 하는 것이 아니다. 포병도 필요하고 공수부

대도 필요하고 스파이도 필요하고 의무병도 필요하다. 육군도 필요하고 해군도 필요하고 공군도 필요하다. 정규전도 중요하지만 게릴라전도 잘해야 한다. 군인들만 하는 것이 아니라 민간인도 역할이 있고, 정치인에게는 더 큰 역할이 있다. 하나의 전쟁은 이렇게 다양한 측면에서 다양한 방식으로 전개되며 그래야만 승리할 수 있다.

대원칙은 냉정하게 현실을 파악한 후 충분한 논의를 하고, 솔직하게 입장을 정리하는 것이다. 그리고 그 과정에서 행해지는 가상한 노력들에 힘을 실어주는 것이다. '그렇게 해봐야 무슨 소용 있겠는가, 언 발에 오줌 누는 격이다, 사람도 먹고살기 힘든 판에 무슨 그런 동물들 일에 수선을 떠는가' 따위의 단편적이고 도움 안 되는 투덜거림은 필요 없다. 인간이 동물을 이용할 때, 가령 육식에 관한 찬반 논의가 아직 합의에 이르지 못한 상황에서도, 동물의 고통을 최소화하기 위해 인도적인 도축 방식을 시행할 수 있다. 모피 사용에 관한 찬반 논의가 지속되는 와중에도 모피 제작 과정에서 동물의 고통을 최소화하려는 노력은 가능한 것이다. 수의사들도 자신이 맡은 분야에서 최선을 다해야 하겠지만, 관련된 모든 사람들이 각자의 위치에서 할 수 있는 일을 제대로 해내는 것이 언제나 중요하다.

3. 동물의 권리에 관한 논의

인간의 권리, 동물의 권리

인류가 생겨난 이래 모든 사람이 현대적 의미의 인권을 누렸던 것은 아니다. 더욱이 인권은 인간이라면 누구나 태어나면서부터 갖는 것이라는 생각이 상식이 된 것도 그리 오래된 일이 아니다. 인권이라는 개념은 사람에게 눈이 두 개고 코가 하나라고 하는 것처럼 자연적으로 얻어진 개념이 아니라, 역사의 흐름 속에서 생성된 역사적 개념이라고 보는 것이 적절하다. 즉, '인권'은 인간다운 삶을 영위하기 위해 노력하는 역사적 과정 속에서 점점 더 당연히 보장되고 확보되어야 하는 것으로 인정되어 정착해가고 있는 역사적·사회적·법적 개념인 것이다. DNA에 박혀 있지는 않지만, 그렇다고 해서 인간의 존엄성과 자유와 평등이라는 가치가 무의미하다는 것은 아니다. 시대적·사회적 조건 속에서 인권의 내용이 변화되고 확대되어왔듯이 앞으로도 복잡한 역학관계 속에서 새롭게 형성되어갈 것이다.

동물의 권리 역시 마찬가지다. 동물이기 때문에 당연히 인정되고 보장되는 자연적인 권리가 있다는 주장은 아직 모두에게 설득력을 갖기 어렵다. 하지만 동물에 대한 새로운 인식 혹은 동물과 맺는 관계의 변화로 인해 그들에 대한 우리의 자세 역시 달라지면서, 동물의 권리라는 것이 자연스럽게 논의될 수 있는 시점에 이르렀다.

동물의 권리를 인정하는 것은 간단하지 않은 문제다. 자칫 어려움에 처해 있는 사람의 처우를 무시하는 것으로 오해를 살 수도 있고, 동물을 사람과 동일시하는 것으로 여겨질 수도 있기 때문이다. 동물을 위하는 것이 사람을 위하는 것과 배치되지 않는다는 것은 앞에서 논의한 바 있다. 어려움에 처해 있는 사람을 도우면서도 얼마든지 동물의 권리를 논의할 수 있다. 또한 지구의 생명 유지 시스템을 교란시키거나 인류 이외의 생물을 함부로 대하는 방식은 지속 가능하지 않을뿐더러 인류를 위협하기도 한다. 어쩌면 이것은 어려움에 처하게 될 인류의 미래에 대한 논의일 수도 있다.

근원적으로는 '과연 동물이 인간과 동등한 도덕적 지위를 갖는다고 봐야 하는가?'라는 부분이 중요한 쟁점이다. 이 논의는 동물도 인간과 똑같은 방식으로 고통을 느낀다는 점에서 출발하는지, 아니면 충분하지는 않더라도 감정이나 지적 능력 혹은 자의식을 갖고 있다는 점에서 출발하는지에 따라 많은 차이를 불러온다.

또한 '권리'라는 동일한 용어를 쓰는 과정에서, 그 구체적 내용과 무관하게 동물을 사람과 동일시하는 것으로 여겨지기도 한다. 동물에게 선거권을 주거나 아파트 분양권을 주자고 말하는 것이 아니다. 인간이 그들을 지나치게 가혹하게 대하고 있는 측면이 있으니 그 부분을 개선하자는 것이다. 논의를 진행하다 보니 단순히 약자이기에 보호받아야 한다는 데서 그치지 않고, 그 자체로 존중받아야 할 생명이라는 자각이 생긴 것이다. 입장에 따라서는 동물이 가진 고유의 권리를 인정해야 한다고 주장하기도 하지만, 아직은 그 내용도 최소한의 생존권 보장 차원에서 논의되고 있는 실정이다.

하지만 의무와 책임의 주체가 되지 못하는 존재에게 인정되는 권리가 어떻게 가능한지는 철학적 문제이기도 하다. 인권에 대해서도 마찬가지지만, 권리의 근거가 어디에 있는가가 여전히 문제가 될 수밖에 없다. 생명은 분명 소중하고 숭고하지만, 생명이라는 용어가 외연이 지나치게 넓고 신비감마저 느껴지므로, 권리 보장의 근거를 명확히 하자는 차원에서 고통을 느낄 수 있는지 혹은 자의식을 갖고 있는지 등이 거론되기도 한다. 이는 어찌 보면 불분명한 근거에 기반을 두고 인권이라는 말을 써가며 우리끼리 서로 존중해주자고 합의하고 살아가다가, 갑자기 우리와는 이질적인 동물에 대해서 이런 용어를 적용하는 상황에 대한 불편함에서 비롯된 것일 수도 있다. 현재로서는 윤리와 양심에 호소하는 측면이 강하지만, 동물복지와 동물권리의 문제가 사회적 의제로 등장하기 시작한 것은 분명해 보인다. 근거가 무엇이고 이유가 어찌 되었든, 이용과 파괴가 아니라 존중과 공존에 기반을 두고 동물의 권리에 관한 논의를 전개할 필요가 있다.

단계적 합의가 필요하다

개를 끈에 묶어 차에 매달고 달리거나 길고양이 몸에 쇠꼬챙이를 박는 사람들에 대해 대부분의 사람들은 분노를 느낀다. 그뿐 아니라 사회적으로도 법적인 처벌을 하고 있는 것은 우리가 동물을 대하는 자세가 예전과는 많이 달라지고 있다는 반증이다.

인간이 동물을 이용하고 있고 육식이나 동물실험의 옳고 그름에 대해 논쟁하는 단계에서도, 우리는 인도적 도살 방식이나 동물실험의 윤리 기준을 얼마든지 채택할 수 있다. 인간이 동물을 이용하는 것이 합당한지와 같은 근원적 물음에 답을 얻어내기 전이라도, 우리가 동물을 어떤 자세로 대하는 것이 좋을지는 지속적으로 부분적 합의를 이뤄낼 수 있다. 인권 개념도 불변의 것이 아니라 지속적으로 확대·변화되는 것이듯, 동물의 권리라는 개념 역시 아직은 제한적이며 불완전한 개념이라 하더라도 동물에 대한 우리의 자세를 적절하게 가다듬는 과정을 통해 계속 진전시켜나갈 수 있다.

사람은 그래도 생물학적 유사성이 거의 100퍼센트에 가깝기에 논의가 용이한 측면이 있으나, 동물의 경우는 동물군 자체의 차이도 크려니와 인간이 그들을 대하는 자세 또한 동물군 혹은 동물 개체에 따라 너무 다르기 때문에 논의가 더욱 복잡해지는 측면이 있다. 개, 고양이와 새우, 달팽이를 똑같이 대해야 한다는 것이 상식은 아니다. 모기나 헬리코박터라면 더욱 그러하다. 또한 반려동물과 사역동물, 산업동물과 실험동물, 야생동물 등 이 모두를 똑같이 대해야 한다는 주장 역시 아직 상식은 아니다. 그들의 DNA에 권리가 박혀 있는 것이라면, 모든 동물이 같은 권리를 갖는 것이 옳다. 하지만 현재의 인권 개념처럼 어떤 상황에서든 누구에게나 차별 없이 평등하게 보장되는 식으로 동물의 권리를 인정하는 것은 무리다. 미래에는 어떻게 될지 모르지만, 현생 인류의 직관이나 상식으로는 받아들이기 어려운 실정이다.

관계가 바뀌면 자세가 달라진다

현재 동물의 권리는 당사자가 아니라 인간의 주도하에 논의되고 있다. 결국 인간이 그들을 어떤 자세로 대하는 것이 적절한가가 초점이 될 수밖에 없으며, 우리가 그들을 대하는 관계가 어떠하냐에 따라 그 자세는 달라질 수밖에 없다. 털을 제공하던 양이 반려동물이 될 수는 있지만, 털을 제공하는 데서 관계가 더 진전되지 않았다면 다소의 측은지심은 가질 수 있더라도 양이 제공하는 털의 가치 이상으로 드는 치료비를 그 양에게 쓸 수는 없을 것이다. 하지만 반려동물이라면 이야기가 달라진다. 비록 5만 원을 주고 입양한 개라 하더라도, 나와의 관계가 어떠하냐에 따라서 1천만 원의 치료비를 낼 수도 있는 것이다. 우리가 상대와 어떤 관계를 맺고 있느냐에 따라 상대를 대하는 자세가 바뀔 수 있다. 우리는 굶어 죽어가는 아프리카 어린이에게 만 원 한 장 기부하지 않으면서도, 내 친구의 생일선물을 사는 데 아깝지 않게 10만 원을 쓸 수 있다. 이는 관계가 다르기 때문에 가능한 일이다.

여기에는 두 가지 중요한 지점이 있다. 보편적 차원에서 인권을 논의하는 자세와 개별적 관계에서 상대를 대하는 자세가 서로 다르다는 점이다. 내 친구의 목숨과 아프리카 어린이의 목숨은 함부로 침해되어서는 안 된다는 점에서 똑같이 소중하다. 하지만 내가 각자에 대해 어떤 자세를 취하는 것이 적절한지는, 내가 그들과 어떤 관계인가에 따라서 결정하게 된다. 같은 반려동물이라 하더라도 오랜 시간 정을 주고 온갖 경험을 함께한 내 강아지와, 인터넷에서 오늘 처음 알게 된 나미비아 여배우의 고양이에 대한 내 자세는 차이가 나는 것이 당연하다. 둘이 똑같이 골절상을 입었다고 하더라도, 내가 갖는 슬픔과 책임감은 당연히 다를 수밖에 없고 누구도 그에 대해 뭐라 할 수 없는 부분이다.

인간의 존엄성, 자유와 평등 같은 인권의 핵심을 이루는 내용이 동물의 권리에서는 무엇에 해당하는지 아직 합의된 바 없으나, 우선 '동물의 본성을 존중해주는 것'*이라는 정도에서 잠정적으로 생각해본다면, 우리가 대하는 동물들이 산업동물이든 실험동물이든 야생동물이든 반려동물이든, 그에 맞는 방식으로 가능한 한 그들의 본성을 존중해주기 위해 노력할 필요가 있다.

예를 들면 현재 우리나라의 양계 현실은 효율성을 너무 고려한 나머지 닭의 본성을 지나치게 침해하는 측면이 있다. 닭들은 유럽연합에서는 금지된, 일명 '배터리 케이지'라고 불리는 좁은 철창에서 사육된다. 알에서 깨어나면 얼마 되지 않아 부리가 잘리고, 잘린 부리로 평생 힘들게 사료와 물만 먹으며 살을 불리고 알을 낳다가 프라이드치킨이 된다. 닭들이 지금보다는 좀더 넓은 공간에서 혹은 가능하다면 부리를 잘리지 않은 채 살아갈 수 있다면 그들의 삶이 한결 나을 것 같다. 흙을 밟으며 지렁이를 쪼고 모래 목욕을 하고, 횃대에 올라 새벽에 울기도 하게 보장받을 수 있다면 좋겠다. 현재 효율적인 양계 기술 덕분에 우리가 달걀과 치킨을 풍족하게 먹고 있는 것은 부인할 수 없는 사실이다. 하지만 먹는 횟

* 최훈, 『동물을 위한 윤리학』, 사월의책, 2015년, 318쪽.

수를 몇 차례 줄이거나 돈을 몇 푼 더 낼 의향이 있는 사람도 많이 있다. 우리가 비록 그들을 이용한다는 사실에는 변함이 없어도, 효율을 넘어서서 다소나마 그들의 본성을 존중해주는 방식을 고려하는 방향으로 사고를 전환할 필요가 있다.

인간의 동반자로서의 동물

앞서 말한 대로 인권이란 '인간이라는 단 한 가지 이유만으로 당연히 갖는 권리'라고 정의될 수는 있으나, 저절로 보장되는 것은 아니다. 철학적 근거도 매우 박약하다. 인간의 권리는 어디에서 기인하며, 어떻게 확보되는가? '인간이기 때문'이라는 빈약한 이유에 기반을 둔다면 언제든 무너질 수 있다. 만약 모든 측면에서 인간보다 다섯 배 정도 뛰어난 존재가 나타나 지구를 정복하고 인간을 장난감처럼 다루거나 식량으로 쓰게 된다면, 그때도 인권에 대해 지금처럼 편안하게 주장할 수 있을까?

자유권을 포함한 인간의 기본권, 신분제 폐지, 보통선거, 수많은 사회적 권리 등의 개념이 논의되기까지는, 야만의 원칙들을 거부하는 것을 대부분의 시민이 상식으로 여기게 되는 역사적 상황들이 조성되어야 했다. 차별 없이 향유되어야 하는 권리라는 관점이 동물에게도 적용될 수 있는 날이 올지 모르겠으나, 그렇게 되기 위해서는 역사적·사회적·의식적으로 큰 진전이 필요할 것이다.

인권은 권력의 쟁탈 과정에서 형성된 개념이며, 저항을 매개로 확립된 개념이다. 하지만 동물은 인간과 권력을 다투지 않고, 인간은 이미 거의 완전히 그들을 지배하고 있다. 따라서 동물의 권리는 그것을 먼저 자각한 사람들과 그렇지 않은 사람들의 충돌 과정에서 더 많은 논의가 이뤄지게 된다. 인간이 그들과 더욱 친밀해지고, 그 과정에서 많은 문제가 발생할수록 동물의 권리에 대한 논의는 더 깊어질 것이다. 그를 통해 인간이 그러했듯 동물들에게도 더 많은 권리가 확보되길 기대한다. 노예와 여성과 어린이가 점차로 자신의 권리를 찾고 향유하게 되었듯이, 언젠가는 동물들 역시도 그들이 누려야 할 마땅한 권리라는 것이 있다면 지금보다는 더 많이 향유하게 될 것이다.

타자와의 관계가 오직 이익을 주고받는 것이라는 생각에서 이제는 벗어날 필요가 있다. 주고받는 것은 이익과 효용뿐 아니라 신뢰와 애정도 있다. 특히 그 상대가 반려동물이라면, 그들은 우리 곁에서 함께 살아가고 있는 동반자라는 점을 깨달아야 한다. 우리 모두는 사실 동물이다. 그리고 동물이 있기에 우리는 인간일 수 있다.* 동물을 위한다고 인간을 덜 위하는 것도 아니며, 오히려 더 위하게 되는 측면도 있다. 그러한 교류와 확인, 자극과 고양, 배려와 섬김이 인간이 가진 중요한 참모습임을 알아야 한다. 그렇게 자신

* 마크 베코프, 『동물권리선언』, 윤성호 옮김, 미래의창, 2011년, 290쪽.

과 마주하고 있는 상대가 있음으로써, 그를 마주 보는 자신이 있는 것임을, 그리고 그것이 바로 나임을, 그래서 상대가 나의 한 부분일 수 있음을 알아야 한다.

잃어버렸을 땐 어떻게 해야 하나요?

도로가 꽉 막힌 러시아워에도 모세의 기적처럼 찻길이 열릴 때가 있으니, 그것은 바로 앰뷸런스가 비상등을 켜고 달려올 때다. 모두들 하나같이 바쁘고 빨리 가고 싶지만, 자신이 조금 양보하고 비켜섬으로써 어떤 사람의 생명이 간발의 차로 이어질지도 모른다는 생각 때문이다. 단순한 이익 계산을 넘어선 행동이다. 생명이 끊어지고 이어지는 문제는 어지간한 일들과는 질적 차이가 있는 것이기에, 동물병원에서도 이런 유사한 일이 종종 벌어진다. 진료를 받으려고 50분을 기다리던 사람들도, 호흡 곤란이나 과다 출혈 같은 응급 환자가 들이닥치면 너 나 할 것 없이 진료 순서를 양보한다.

이 정도까지는 아닐지 모르겠으나 동물병원 측에서 약간의 양보를 하는 일도 있는데, 잃어버린 반려동물을 찾는 전단지를 병원에 붙일 수 있도록 배려하는 것이다. 너무 자주 발생하여 더 이상 붙이기 어려운 경우도 있다. 동물병원 측의 다른 공고나 설치물도 있기 때문에 불편한 것이 사실이다. 하지만 입장을 바꿔 생각해보면 가족 같은 반려동물을 갑자기 잃어버린 보호자의 심정이 오죽하겠나 싶다. 저런 것을 붙여서 찾을 수 있을까도 싶은데, 간혹 정말 그것을 계기로 해서 찾기도 한다. 1년에 한 건이라도 그 덕에 찾게 된다면 참으로 보람 있는 일이다. 그래서 우리 동물병원의 경우 몇 주 동안은 가장 잘 보이는 곳에 반려동물 실종 전단을 붙이고 있다.

키우던 개, 고양이를 잃어버리는 계기는 다양하지만, 대개는 보호자의 부주의가 어느 정도 있는 편이다. 평소 반려동물이 나대거나 수시로 탈출을 시도하는 성격이라면 문 단속, 창문 단속, 목줄 관리 등에 더욱 신경 써야 한다. 아차! 하는 순간에 놓치는 경우도 종종 있는데, 그 순간 보호자가 흥분하지 않는 것이 중요하다. 혼내거나 큰 소리를 치는 것으로 제압되고 멈칫하는 개체라면 그렇게 하여 다시 잡는 것이 효과적일 수 있다. 하지만 일반적으로는 반려동물을 흥분시킬 수 있는 비명이나, 놀라서 더 도망가게 만드는 성급한 추격보다는, 놀라지 않도록 조용하고 부드럽게 다시 잡을 수 있는 곳으로 유도하여 붙잡는 것이 더 효과적인 경우가 많다.

이미 잃어버린 상황이라면 당황하지 말고 그 즉시 조치를 취하는 것이 중요하다. 다음의 내용을 참고하면 도움이 될 것이다.

① 신고 접수

동물보호관리 시스템을 정부에서 운영하고 있으니 제일 먼저 그곳에 신고 접수를 한다. 개의 경우, 평상시 동물 등록을 하는 것이 이럴 때를 대비해서도 필수적인 일이다. 등록되지 않은 경우도 분실 신고는 가능하므로 가능한 한 빨리 접수하는 것이 좋다. 3개월 이상 되는 개는 동물병원에서 등록하면 된다. 아직 고양이는 대상이 아닌 것이 무척 아쉽지만 앞으로 시행될 계획이라고 알고 있다.

② 공식적인 유기동물 보호시설 확인

인근 동물병원들에 분실 신고가 접수된 건이 있는지 문의한다. 특히 대부분의 시군구에는 지정 동물병원이나 시설이 있어, 유기되거나 분실된 개, 고양이가 모이게 된다. 지방자치단체나 인근 동물병원에 문의하여 그곳에 먼저 자신의 개, 고양이와 비슷한 녀석이 신고되거나 보호되고 있지 않은지 확인하고, 아직 없다면 자신의 연락처를 남기고 연락을 부탁한다.

③ 사라진 장소 주변 체크

잃어버린 지 얼마 되지 않았다면 집 주위를 천천히 돌아다니며 곳곳을 세심히 살핀다. 걱정 어린 목소리와 행동은 녀석들을 놀라게 하여 더욱 숨어버리게 하므로, 평상시에 하던 방식으로 부르는 것이 더욱 효과적이다. 좋아하는 사료통이나 간식 봉지 소리를 내는 것도 좋은 방법이다. 대개는 근방에 머물고 있는 경우가 많다. 개는 간혹 잠깐 사이에도 2, 3킬로미터까지 멀리 가기도 하지만, 고양이는 반경 100미터 안에 있는 경우가 대부분이다. 주변을 여러 차례 면밀히 살피는 것이 중요하고, 목격자를 수소문하는 것도 중요한 실마리가 된다.

④ 유기동물 관련 사설 단체 확인 및 인터넷 이용

유기동물과 관련하여 여러 사설 보호단체가 운영되고 있다. 검색을 통해 이러한 단체들에 문의하는 것이 도움이 될 때가 있다. 관련된 인터넷 카페들, 블로그, SNS 등도 종종 큰 도움이 될 수 있다.

⑤ 전단지 고려

전단지에는 잃어버린 곳, 주요 특징, 사진, 보호자 연락처 등이 꼭 들어가야 한다. 실종된 지역에서 반경 2킬로미터 이내에 사람이 많이 오가는 곳이나 동물병원에 전단지 부착을 고려한다.

달라진 세상

여백이와 함께한 이후로

세상이 다르게 보이기 시작했다.

맺음말

쓰다 보니 너무 많은 말을 했다. 애초에 무거운 글을 쓰고 싶었던 것은 아닌데, 쓰고 보니 많은 부분에서 혼자만 심각해한 것 같다. 어떤 것이 아무리 중요하다고 말한들 그게 더 중요해지지도 않고, 아무리 중요하지 않다고 한들 그게 덜 중요해지는 것도 아니다. 다만 같은 것을 접하더라도 먼저 느끼거나, 다르게 경험한 이의 안내가 있을 뿐이다. 내게 이미 과거가 되어버린 이 글들을 다시 읽어보니 이곳저곳 부족하지만, 이미 난 또 다른 숨을 쉬고 있기에 많이 부끄럽지는 않다.

이 책에서 제시한 나의 조언들은 모두 잊어도 좋다. 반려동물에게서 우선 무한한 세계를 느끼면 충분하다. 자기를 만져달라고 눈 감고 내게 뺨을 비벼대는 고양이, 내 품을 파고들어 코 골며 잠을 자는 강아지와 함께라면, 시간이 멈추고 경계가 사라지는 경험을 하게 될 것이다. 이게 얼마나 값비싼 것인지, 저거 하면 얼마나 벌지, 저 사람은 얼마나 내게 도움이 될지, 난 왜 이리 못났는지…… 이런 고민들은 사람을 너무 힘들게 한다. 내게 도움이 될 정보를 찾고, 내 혀를 만족시킬 음식을 찾아다니고, 내게 즐거움을 줄 아이템을 찾아 헤매고, 급기야 내가 만나고 함께 살아가는 사람에 대해서도 끊임없이 계산기를 두드려대는 것은 이제 그만해도 좋다.

내 앞의 사람, 내가 만나는 생명, 나를 둘러싼 모든 것에서 무한을 보길 바란다. 우리 모두는 힘없고 약하며, 언젠가는 바람처럼 사라져버리겠지만, 내가 만나는 모든 것들이 무한에 닿아 있다는 느낌을 갖게 된다면, 인생의 덧없음이 다소간은 사라질 것이다. 고양이를 안고 강아지와 함께라면 조금은 덜 외롭게 느껴질 것이다.

싸움도 많고 견뎌내기도 힘든 세상이지만, 상대를 조금만 더 배려하고 서로를 조금이라도 편하게 느끼며 살았으면 좋겠다. 문제가 아무리 심각하다 해도, 안중근, 한용운, 예수님, 부처님처럼 살 수 있는 사람은 많지 않다. 모두가 열사의 길, 성자의 길을 걸을 수는 없다. 대부분의 사람이 건전한 인간이 되려 하고, 멋을 추구하는 여유를 갖고, 숨 좀 편하고 깊게 쉴 수 있었으면 좋겠다. 그리고 그렇게 살아가는 것을 기뻐할 수 있는 세상이 되었으면 좋겠다. 그 옆에 개와 고양이가 있다면 삶이 한결 나아질 것이다.